沖縄文学談叢

仲程昌徳著

ボーダーインク

沖縄文学談叢／目次

Ⅰ　論叢編

II　談叢編

1 論叢編

「普天間よ」私感

1

二〇一一年六月一五日に発刊された『普天間よ』には、一九九三年の「夏草」から二〇一〇年に発表された「幻影のゆくえ」までの六作に、「書下ろし」の表題作を含め都合七編が収録されている。著者の大城立裕は、同書について「久しぶりに短編集を出すことになったが」として、続けて「出してくださる新潮社の意見もあって、雑多な題材を集めるのでなく、たまたま幾つか書いてある『戦争』でまとめることにしたのは、思いつきとはいえ、独自のものになったかと思う」と自負していた。そしてその「独自のもの」という点について「生活、遺骨、記憶にかかわる戦場である」と説明していた。

「夏草」から「幻影のゆくえ」までの六作に関しては、大城が述べている通り、「生活、遺骨、記憶にかかわる戦場」が書かれていたといっていい。しかし、書き下ろされた表題作の「普天間よ」は、少し違うのではないかと思われる。確かに、「普天間よ」にも、戦中、村人が避難した洞窟で起こった出来事が書かれていた。米軍が侵攻してきたとき、村にあった洞窟に避難していたものの中に移民地ハワイで高校を卒業し、引き揚げて来た者がいて、その英語力のおかげで避難していた全員が無事収容所に送られたという話があって、それが「今日の自慢」になっているといったのがそうである。しかしそれは、戦時期の村の動向についての一般的な説明であった。

「記憶にかかわる戦場」ということでいえば、洞窟の話が「今日の自慢」になっているということや、「普天間よ」の書き出しが、戦場と関係する出来事からはじまっているといった点が挙げられるかもしれない。しかしその戦場は、登場人物と直接関わりのあるものではなかった。他の作品が、登場人物の体験した戦争に触発されて書かれていたのとは、明らかに異なるものとなっていた。

大城は、『普天間よ』に収録した作品について、それぞれ簡単な制作動機を記していた。それによると「あれが久米大通りか」は、「生活と戦場との結びつきを考えるうちに、戦場では金銭が無化すると思いつき、それでもなおそれに執着するところはあるに違いない、という発想から」生まれたものであったとした。「首里城下町線」は、「家の近くを走っているバス路線で、これは小説の題名になりそうだと思いつきながら、いかなる物語を乗せるかが問題であったが、ある機縁で戦場の記憶を乗せることになった」としている。「窓」は、死に瀕している沖縄戦の体験者である友人を「見舞ったとき、病室の窓の外は有名な戦場であった」ことに触発されて生まれたといい、「荒磯」は、「ある日の新聞に、遺骨にかかわる名札の写真が出ていたが、これがいかにも親戚の戦死者と関わりそうだ、という疑いから親族による探索が動き、それをモデルにして」生まれたものであるという。「幻影のゆくえ」は、「戦場で幻影を見たそうな、というだけの挿話から」生まれたもので、「夏草」については、刑務所から解放された囚人たちの戦場を描いた『日の果て』からの取材中、「その取材に応じてくれた人の体験の一つ」である、としているように、明らかに、「普天間よ」以外の作品は、沖縄戦で起こった出来事に触発されて書かれたものであったことがわかる。

六作は、作者が語っているような動機になるものであるが、あらためて作品の要点を摘記しておくと、「夏草」と「幻影のゆくえ」は、前者が米軍の進撃をのがれて南下していく夫婦の物語で、後者は家族の物語であるといえた。「あれが久米大通りか」は、逆に、敵中を突破し、摩文仁から那覇に戻ったものたちの感慨を、「窓」は、妻の入院している部屋の窓からながめる風景が、なまなましいまでの戦場体験をよみがえらせたことを書いていた。「荒磯」は、収容所で亡くなった弟の遺骨の収集をめぐるものであり、「首里城下町線」は、「六十二年前の戦場での」体験を書いたものであるといったように、その一つ一つが沖縄戦と関わる出来事を書いた作品であり、沖縄戦が、それこそ眼前によみがえってくるような作品となっていた。

「普天間よ」は、六つの作品に見られた戦場体験と直接かかわるようなものではなく、また沖縄戦を発条にして書かれたものでもなかった。大城はそのことに関して、「書下ろし」の題材を「普天間」にしたのは、出版社の編集スタッフの提案によるものであり、「膨大な問題をかかえた普天間基地を短編に収めるのは冒険であったが、書下ろしでこういう形になった」と述べていた。

大城が「こういう形になった」という「普天間よ」は、では、どういう「形」になっていたのだろうか。

「普天間」といえば、一九九五年、普天間基地所属の米兵による少女暴行事件があって、それを契機に移転計画が発表されるといったことがありながら、その方針をめぐって紛糾し、昏迷の度を深めていく。そして二〇〇四年八月には、沖縄国際大学構内へのヘリコプター墜落事故が発生し、再び沖縄戦かといった不安を引き起こしたが、日常的には、戦闘機の離着陸のさい発する爆音に悩まされ、日々の会話さえままならないなかでの暮らしを強いられている、といったことがある。

「普天間よ」は、そのような暴行事件、墜落事件、基地の移設計画の紛糾、そして轟音といったこと等が作品の重要な背景をなしている。暴行事件、墜落事件、轟音の発生は他でもなく、米軍基地が居坐っているからである。

米軍基地の誕生は、沖縄戦によるものであった。普天間基地も例外ではない。そこは、山林でも荒野でもなく、かつて村落のあったところである。占領軍は、前々から住んでいた村民を追い出して、飛行場を作ったのである。それだけに「普天間」は、暮らしの場を失った「戦争の記憶」を呼び起こす枢要な場所であったし、実際「普天間よ」の書き出しも、そのことを示唆するものとなっていた。

作品は、「戦世を凌いで、今まで生きてきた証を残したい」という祖母の「願い」から始まる。その「証」というのは、先代が、奉公先の地頭から褒美として戴いた「鼈甲の櫛」のことであり、「願い」というのは、米軍が迫ってきて避難していく際、祖母の姑がそれを「殿の山という拝所」に隠したというので、是非とも探し出したい、ということであった。そのためには基地の中に入っていかなければならないが、基地に入るためには幾つかの条件があり、祖母の願いはそのような条件にかなうものではなかった。

作品は、まさしく、出版社のスタッフが提案した「普天間」を前面に出したかたちで始まる。そしてそれは、普天間基地が誕生した経緯を知らないものに、その来歴を教示してもいたが、作品は、基地の外に追い出されて、基地と共生しなければならない一家族三世代――、「戦世を凌いで、今まで生きてきた証を残したい」と考えている祖母、「基地返還促進運動の事務所」に勤めている息子、そして「新聞社の主催する舞踊コンクール」の「優秀賞」受賞を目標に、懸命に踊りの練習に取り組んでいる孫娘、が基地に隣接している場所で一途に生きて行く姿を描いていた。

2

大城は、「普天間よ」を書いていくうえで、まず、「普天間」における生活空間を三つに分けていた。一つには、祖母の空間、二つには息子の空間、三つには孫の空間である。そして一の空間には、「普天間」の土俗、習俗を取り込み、二の空間には、社会活動、事件史、三の空間では、琉球芸能といった点に焦点をあて、基地がいかに理不尽であり危険であり不条理極まりないものであるかといったことを浮かびあげていく。

一の空間は、大城が繰り返し多くの作品で用いて来た形を踏襲している箇所である。すなわち、拝所そしてユタといった、場所及び特殊な能力を有する者を基地と対にしていくといった方法である。そこには近代科学と古代的な心性との落差が生む、アイロニーといった大城の大切な方法の一つが駆使されていた。二は、社会運動、とりわけ基地反対運動における閉塞感を掬い上げ、現在の普天間の状況を照らし出そうとした箇所である。そして三は、普天間基地で起こったヘリコプター墜落事故の衝撃と、基地あるゆえに起こった事件事故、そして県民の怒りをとりあげるとともに、沖縄の持つ独自な底力を示そうとした場である。大城が「普天間よ」でもっとも力をこめたと思える箇所である。

「普天間よ」は、大城がいうとおり「膨大な問題をかかえた普天間基地を短編に収めるのは冒険であった」に違いない。それだけに、大城はその「冒険」として、自身が主張する「政治と文化」の問題を、盛り込もうとしたように見えるが、その試みは、これまでとは大きく異なるものになっていた。

大城が、「普天間」の状況をうまく纏めることができたのは、これまで繰り返し扱ってきた問題と無関係ではなかったし、何よりも、作品の構成を、一家族三世代が、それぞれに向き合っている問題をとりだし描き分けるといった方法をとったことにあるであろう。そして、あと一点、手慣れた文体を用いたことにあった。

大城は、その初期から、大城独自といっていい、表現方法・文体を持っていた。例えば、それは、次のように表されるものである。

1「さて……」

と、巫女が祈りを終えて開き直ると言った。「分かりましたか」

「いいえ」

祖母があっさり答えて、頭を横に振った。

私は驚いた。祖母はじつはわからなくても、錯覚で分かったように信じ込み、深く頷くだろうと、予想していたのだ。

「わからなくてもよいです……」

巫女は、祖母の答えなど相手にするほどのものではないというような反応をした。

2「まあ、そういうことだろう。突破することと忍従することは、紙一重のようなものだからな」

当たっているような、いないような気がして、なにか適当な返事ができないものかと考えをめぐらしたが、それこそこの議論を突破することができなかった。

3祖母の願いを尤もだと、それを父は右の脳で思いながら、左の脳で否定した。左の脳は今では、日本政府への不信を託っている。

「復帰運動も返還運動も一生懸命やっているのに、この願いを断るのか」

と、祖母は解せない顔をするが、

「そうだから、むしろ断る気になるわけさあ」

1は、祖母と巫女との場面、2は父と娘との場面、3は父と祖母との場面に見られるもので、いずれも「予想」とは異なる事態の発生といったかたちになっている。

ここにひろった例は、作品のごくはじめの方に見られるものである。そのあとをひろっていくと、きりがないといっていいほどだが、この形は、大きくいえば、予想通りことが運ばない、というだけでなく、応答がずれ、問題があとへあとへとのびていくことを示している。そこでは何も完結することがないのである。

祖母は、姑が避難していく際隠匿した「家の誇り」である「鼈甲の櫛」を探し出したいと懸命になる。その執念が、基地へ入ることまでは可能にしたが、「鼈甲の櫛」を見つけることはできない。目的を果たすことができなかったことで、祖母につきあった娘が、「お祖母さん、悔しい？」と聞くと、「別に……」と答えたあとで「アメリカーとのつきあいは、そんなものだ」と、「家の誇り」の問題など吹っ飛んで、まるで無関係な話に転じていくのである。問題が解決しないうちに、別事に移ってしまう。

あれだけ執心していた「鼈甲の櫛」について、キツネが落ちたかのように、日常にもどっていく祖母の姿は、実にあっけらかんとして、見事だといっていいのだが、父の場合も、似たようなものである。

ある日、父が蒸発する。そして、父が辺野古にいることを娘の恋人である新聞記者が探し当て、二人で、父のところに出かけていく。娘は、父に、なぜ家を出たのかと聞く。父は「自分でもよくわからない」という。父が帰ってきたのを皆は喜ぶ。祖母が、歯医者に行くのに、補聴器を忘れたということで、ひとしきり、その話になっていく。補聴器をつけると、「爆音がとんでもない音で入るという」話が出たところに、「爆音」が飛び込んでくる。そして「爆音が聞こえた。父が一瞬、天井を見た。しかし、それだけであった。これから何千回か何万回か、ひょっとして生涯つきあうことになるかもしれない爆音だ。そのなかに舞い戻ったということが、口惜しいのかほっとしたのか、私は計ってみたかったが……」と、普天間から辺野古へと家出し再び「爆音」の下へと戻って来た父の行動が何をもたらしたか、娘には見当がつかない。そしてそれは、父親自体が、判然としなかったということでもあろう。

普天間から辺野古へという父の「蒸発」は、象徴的であった。「普天間」の返還が、日米両国間で合意をみたのは一九九六年である。しかしそれは、県内への基地移設と引き換えであり、その移転先が辺野古であった、ということは周知のとおりである。

ガバン・マコーマックは普天間について、「一九九六年来、日米双方は一致して普天間は返還されるべきだと認めてきた。米国内の住宅密集地に普天間のような基地があったら、市民にとって危険が大きすぎるため、はるか昔に閉鎖していたにちがいない」(「オール日本対オール沖縄　辺野古、高江、与那国」『世界』二〇一五年)という。それでも普天間は動くことなく、二〇〇四年には、米軍ヘリが、沖縄国際大学の構内に墜落するといった事件が起こるのである。事件をきっかけに「いよいよ普天間基地は動く」（『沖国大がアメリカに占領された日』「はじめに」）と思われたにもかかわらず、移転問題は二転三転し、二〇一〇年には、時の首相の「最低でも県外」という発言があって、普天間はいよいよ混迷を深めていくことになる。「普天間よ」は、そのような移転先をめぐって紛糾するさなかに書き下ろされていた。

父は、「幼少時代」を、「祖国復帰運動」が盛り上がった中で過ごす。それは「あたかも右の耳でアメリカの飛行機の爆音を聞き、左の耳で復帰運動のシュプレヒコールを聞く、という生活で」あった。それだけに「『日本』に返還されたら右の耳が解放されるか、という期待もあったが、右の耳の奥の脳では、この爆音がおいそれと引き上げるはずはない、という疑いを抱いていた」のである。父の疑いは、晴れるどころか、「爆音」はますます激しくなっていくだけである。

父は一時普天間をのがれ辺野古に住むが、娘に迎えられて、再度「爆音」の轟くなかに戻ってくるのである。

祖母の「鼈甲の櫛」探索行、父の「家出」そして戻って来るといった出来事があって、一家は、元のような日常をとりもどす。「爆音」は、あいかわらず、続いている。「普天間よ」が他の作品と異なるのは、「戦場」ではなくいわゆる「普天間」問題を取り上げた物語になっているということにあった。

大城は、祖母も、父も、いずれも、基地と向き合いながら、一方は当初の問題を忘れたかのように、一方は、どっちつかずの態度で逡巡している姿を描いていた。そこには、基地撤去と言う積極的な行動に向かっていく姿勢はない。基地問題は一筋縄ではいかない、といったことを浮かびあげた形になっているが、しかし大城は、そこでとどまっていたわけではなかった。

それは、娘の場に出て来る。結末の娘の場は、これまでの大城作品にはあまりみられないものであり、「普天間よ」は、それだけに珍しいものとなっていた。

3

一家族三世代の物語は、「私」を主な語り手として、進行していくが、そのところどころで「爆音」がとどろく。「爆音」は、普天間を語っていくうえで欠かせないもので、「普天間よ」も多用していた。そしてそれはとりわけ大事な場面で轟きわたるように降って来るのである。

⑴私に一つの案が生まれたので、それを言おうとしたとき、いつもより大きな爆音が私の言葉どころか、アイデアまでも食いちぎって去った。

⑵とたんに轟然たる爆音が岩を抱いた森の上を通過した。巫女の言葉が潰されたかと思われたが、おもいがけなく健康によみがえった。

⑶ゲートを出るまぎわに、また爆音が襲ってきた。今日の作業はその爆音に負けたというべきかも知れないが、祖母の表情は明るかった。まったく負けたとは思っていないようだ。

「爆音」は、アイデアを奪い、言葉をつぶしてしまうのではと思われるものであり、敗北感を生み出してしまいかねないものである。そしてそれは、その場の思考や感情を左右するように襲ってくるのだが、いつなんどき襲ってくるのかわからない。それだけに、前もって対応策を考えることなどできないのであり、その場その場で対応しなければならないが、作品は、その最後に次のような場面を用意していた。

とたんに爆音がテープレコーダーの歌三線を消した。ヘリコプターだ。異常に近く聞える。この上空だ。ただ、いずれ数秒で通り過ぎるから自分の踊りの情念を消すほどのことはあるまい、と念じて踊りつづけた。が、これは数秒どころではなかった。何十秒ともいわず、何分間か。ヘリコプターがこの稽古場の上空のごく近い高度で旋回しているとしか思えない。こんなことは初めてだ。テープレコーダーの回転が徒に見える。母は何の指示も出さない。コンクールの会場では、まさかこのような事故はあるまいと、ひたすら踊りつづける。

「私」が、師匠でもある母の道場で踊っていると、爆音が轟き、テープレコーダーから流れて来る音曲を消してしまう。それでも「私」は「ひたすら踊り続ける」。そして「私」は、「爆音」の中で踊り終わったとき、「音曲と手振りがみごとに合って」いたことを知る。

「よく合っていたねぇ」

母の褒め言葉に思わず涙が出た。

「聞いたねぇ?」

暗い上空へこころの声を投げた。〈あなたに勝ったよ……〉

操縦士の米兵は年が幾つぐらいだろうか。妻か恋人がいるだろう。それを忘れるほど操縦に専念しているあいだに、私は恋人に熱中している女の思いを踊った。途中であなたは私の思いを奪ったかに見えるが、私は奪われなかった。


色々な読みが出来るところだろうが、文意をそのまま受け取れば、「踊り」が「爆音」に打ち勝ったということである。

先に引いた「爆音」に邪魔される用例を見てきたことで、この場面にいたってやっと留飲を下げたといえるような箇所であるが、大城の作品で、これは珍しい終りになっているといえるのではないかと思う。

そこには、基地に打ち勝ったという隠喩がこめられていると、読めるからである。

4

大城は、自作について語ることの多い、作家である。それは『普天間よ』に収めた作品についいてもそうであった。そこで、「普天間よ」については、雑誌社のスタッフの「提案」になるということが書かれていたが、二〇一五年になって「生きなおす沖縄　くりかえし押し返す――沖縄の覚悟と願い」（『世界』）で、次のように書いていた。

ギリシャ神話にシジフォスという男の話がある。山から岩が流れ落ちてくるのを、いくら押し返しても、くりかえし落ちつづける、という話である。この筋書きを逆転させて、いくら転がってきてもくりかえし押し返す、という神話の読み替えもあり得るかと、私は短編小説『普天間よ』（二〇一一）に書いた。沖縄の願い――覚悟である。

「普天間よ」には、確かに、その場面がある。「私」の弟は、沖縄国際大学の学生であるが、彼は、教授がカミュの解釈とは逆に「いくら押しとどめても落ちてくるのではなく、落ちても落ちても押し上げる、という解釈を乱暴ながら大切にしたい」と語ったというのである。そのあとで、語り手は「これは、沖縄国際大学のみでなく、沖縄問題のすべてにあてはまりそうであった」と続けていた。

大城は、「普天間よ」で、これまでの通説を、読みかえた教授のいたことを書いていた。大城が、通説を読みかえたことでよく知られているのに「物呉ゆすど吾御主」というのがあった。大城は、その俚諺が、「明治このかた、かなりながいあいだ誤解されてきた」といい、「これを沖縄の事大主義だとしたのである。事大主義という日本語にまとわりついている悪徳のイメージを別にすれば、自分の生活を擁護する為政者をこそ迎えるべきだ、というリアリストの感覚があって、これはむしろよろこぶべきであろう。これを私は民主革命、放伐の精神だろうと解した」というのである。

「物呉ゆすど吾御主」に「事大主義」ではなく「民主革命、放伐の精神」を読んだように、通説を読み替えた教授の話は、物事を、単一にとらえることに疑問をいだくだけでなく、新しい解釈をすることによって、状況を動かすことができる、といった考え方を示そうとしたものであった。

大城は「普天間よ」をシジフォスの神話を読み替えることを通して「沖縄の願い――覚悟」を書いた、といえるのである。

大城の作品は、その多くが「いくら転がってきてもくりかえし押し返す」といったかたちになっていたといえる。目前の課題は、突破しても、さらなる問題があらわれてきて、その解決は先延ばしされていく。「普天間よ」の祖母の行為にしても、父の行為にしてもそうであった。

「普天間よ」は、そのように、大城の得意とする文体で、祖母や父に関する出来事は書かれていて、これまでの作品とほとんど変わることはない結構になっていた。しかし、その主意は、まったく変わったものになっていたのである。

「普天間よ」は、「落ちても落ちても押し上げる」物語ではなく「押し上げてしまった」物語になっているのである。「踊り」が「爆音」に勝った形での終わりは、そのようにしか読めないのだが、大城は、なぜこれまでの方式をかえたのだろうか。

大城が、「復帰」をひかえて混乱する状況のなかで、主張したことの一つに「沖縄問題は文化問題である」というのがあった。大城は『光源を求めて』(一九九七年七月　沖縄タイムス社)で、「沖縄は日本とアメリカとの谷間にあるようなものだ、というイメージがあった。ただ、その谷間になんとかして宝石を見つけたい、と願っていた。その潜在可能性はある、と信じていた。その諸々の情況を私は探っていたといってもよい。／「沖縄問題は文化問題である」／という発言もそこから出ている」と書いていた。

大城は、復帰をめぐって混乱する世情のなかで、「なんとかして宝石を見つけたい」と願ったというが、その「宝石」の一つを琉球舞踊に見つけたのである。

「普天間よ」は、「爆音」に左右されることなく、踊り通したといったことを書いていたが、それは、基地に、沖縄の伝統文化が打ち勝ったということだろう。基地に打ち勝つ物語が、これほどあからさまに、書かれた作品はない。それだけに、貴重なものになっているといえるのだが、大城の作品らしからぬ、結末をもった作品であった。

それもこれも、大城が、沖縄の文化伝統である沖縄の踊りにひとかたならぬ思いを抱いていたということであろう。

船越義彰「謝名原の乱」

1

船越義彰に「謝名原の乱―一幕―」と題した戯曲がある。

一九九〇年春季号『南涛文学』第六号に発表された同作は、『球陽』「尚寧王」の項に見られる「四年毛鳳儀等征討謝名一族」に材をとったものである。比嘉春潮は、当該箇所を「首里西の平等の謝名一族が謀反した。王府では、池城安頼、東風平比嘉盛続、摩文仁安恒に討伐を命じた。三人は軍兵を率いて謝名の屋敷を四方から水も洩らさず取り囲んだ。謝名は防備を密にし固く守って出て来ない。池城らは手のほどこしようがなく、ついに矢に火をつけて射込んだらたちまち火を発して家が燃え上がった。一族の者は居たたまれず、庭に出て敵を迎えた。池城らは槍を揮い剣を振り力を励まし勇を奮って戦い、ついにその将一人をたおした。一族も大いに戦ったが衆寡敵せず、皆擒となった。王は池城らの殊功を喜んで三人に紫冠を賜い賞せられた」と訳出し、その記述から首里城下で起こった争乱の様子はわかるが、「その謀叛とはどんなことであったたか、なぜ謀叛したかは少しもわからない」と述べていた。

「謝名原の乱　一幕」（以後「謝名原の乱」と略述）も「謝名原一族は、首里でも名門でございました。世あすたべ、重人衆にも名を連ねた一族が何故に御主加那志前に反逆し、王師を受けて滅亡したか、原因がよく判りませぬ。『球陽』にも理由は記録されておりませぬ」と「語り部の老人」に語らせているように、『球陽』記載の「討伐」が、何ゆえの「討伐」であったのかよくわからない、としていた。

「謝名原の乱」は、比嘉が「謀叛」といい、「語り部の老人」が「反逆」と呼ぶ事件を扱ったもので、そのあらましは、次の通りである。

謝名原家の次男謝名原親雲上秀敏が、実家を訪れる。長男朝達の息子小松金が、庭の片隅で棒術の稽古をしている。秀敏が、家の者たちに会いに来たと告げると、小松金は心配そうな表情をする。秀敏は、小松金に謝名原家の家風について話し、自信を持てという。そこへ、三男の秀文が顔を出す。

秀敏と秀文が話し合うなかで、秀敏が、小松金は「まだ、あのこと」を気にしているようだという。秀文は「四年前のあのこと」が「小松金にとっては衝撃だったのでしょう」と慮る。秀敏は、彼だけでなくそれは「謝名原一族にとって地獄の責め苦であった」と言を強くする。

「謝名原の乱」は、そのように、秀敏と秀文が、かつて謝名原家を責めさいなんだ事件があったことをふりかえる場面から始まっていく。

「舞台」が暗くなり、国王尚寧、謝名原家の当主謝名原親方秀典、尚寧第一の側近鄭迵の順にスポットが当てられ「四年前のあのこと」について、「語り部」が解説していく。舞台が明るくなると、再度秀文と秀敏の場面になる。彼らが「謝名原邸」を訪れたのは、「四年前」の「あのこと」に重なるようなあらたな事件が起こっていて、謝名原一族がまた窮地に追い込まれるのではないかといった思いがあり、そのことを聞くためであった。

城中での重要な吟味を終えて戻って来た当主秀典、長男秀達を、秀達の妻真鶴、娘真玉津が迎える。二人は、男たちだけの話があるということで退去させられる。話は、「お国の一大事」になりかねない出来事が持ち上がったといったことについてであった。

秀達によると、豊臣秀吉が朝鮮へ出兵するにあたって琉球も兵を出すようにという書状と同時に島津義久からの書簡がもたらされたが、その扱いをめぐって、国王も国王側近の鄭迵も、腹は決まっているという。秀典は、国王も鄭迵も「明国のことしか頭にない」ので、秀吉公や島津公への返答は「知らぬふりをするか、あるいは、お座なりの使者をたてる」ことにし、それにかわって「明国への使者」を送るというので、それには反対だと秀達が述べたところ「ひとたまりもなくつぶされた」という。そればかりか「謝名原一族は国家の方針に反対するお家柄という皮肉と侮辱をあびせられた」と、秀典は続ける。

これでまた、四年前と同じような「投石さわぎがおこりますね。」という秀文に、秀敏が「石ぐらいなんでもない」と返す。秀文は「正しいと思う道を行きます」という。秀敏の「あたりまえのこと」という言葉で「開幕」の場がおわる。

2

「暗転」。

「一幕」物にしたため、場面を暗くしてスポットを使用するなどの工夫をこらし、さらに「暗転」で、その場の変化を示していく。それが八回あって、その最初の「暗転」の場である。

「罵声」「投石」が続く中、庭の真中に秀達と妻の真鶴が立っている。真鶴が「四年前のさわぎのよう」だといい、一人息子の小松金がかわいそうだと話しているところへ、真鶴の兄池宮城親雲上朝林が義弟秀達の妹真玉津の許嫁山田里之子鶴千代を伴って登場する。

朝林が、小松金は元気かと聞く。秀達が、小松金を呼ぶようにと真鶴にいう。朝林は、出て来た小松金に、稽古はどうだと聞き、池宮城家に伝わる「棒術の奥義」「流星の梧」を伝授するつもりなので、修業を怠らないようにと励ます。そして、謝名原一族をめぐるうわさで「世の中」が、かまびすしくなったといい、「四年前」の話を出し、「困ったこと」だという。そこで秀達は、「いい機会」だとして、鶴千代と小松金に、朝鮮出兵と関わる出来事で、それに琉球がどう対応すべきか、そして琉球をめぐる情勢がどうなっているかを話し、謝名原一族が、国の方針に異議を唱えるのは、「反対せんが為の反対」ではなく、ましてや「国王に含むところ」があるわけでもなく、「お国永遠の存立をねがって」のことだと力説する。

秀達は、話が長くなったといい、真鶴に茶の用意を言いつける。鶴千代は、その場に残るよう

に と命じ、真玉津との逢瀬の場を作ってやる。真玉津が、このような騒ぎの中で、二人に「明日という日がある」のでしょうかと不安がるのにたいし、鶴千代は、「ある」「きっとある」といい、真玉津を強く抱きしめる。

「開幕」と「暗転」一の場で、「謝名原の乱」の主要登場人物が出そろう。そして、「四年前のあのこと」についても今回の騒動についても、ほぼ理解が行き届くような説明がなされていく。

「暗転」二の場面は、鄭迵と尚寧にスポットが当てられ、そこで、鄭迵が、豊臣秀吉の書簡は「脅迫」であり、「薩摩からの申し出も自分勝手に過ぎる」もので、「朝鮮出兵が成功するとは限らない」し、「しばらく静観しても差し支えない」という。尚寧は、同意見だという。鄭迵が、謝名原一族の言動をそのままにしていては「国の統一を」欠くことになるのではと進言する。尚寧が「国中の人心を掌握するには力あることを示さねばならぬ」というと、その布石は鄭迵が考えるので、それ以上のことは「申されますな」と止める。

スポットが消え、秀達、秀敏が子どもたちの話をしているところへ、秀敏の長男と次男、小太郎金、小次郎金が登場、小次郎金は額をおさえている。投石によるものだという。騒ぎはますますひどくなり、秀敏が、どうなっていくのだろうかと心配すると、秀典は、「いつかはおわる」といい、「それはわが一族がほろびる日」だと言い放つ。秀達、秀敏がなんとかこの状況をきりぬけようとしているのに、秀典は「案ずるではない」「その時が来れば、このわしが方法を講じる」という。秀達が「どのような方法」でと問うと、「いまは言えぬ」と哄笑するばかりである。

「暗転」三の場は、秀達と朝林が、酒を酌み交わしている場である。二人の会話は、当時の士族がどのような教養を身につけていたか、そしてそれがいかに生活に溶け込んでいたかをそれとなく感じさせる場となっている。

朝林が「出仕はしているだろうな」というのへ、秀達は「一日たりとも怠ってはおらぬ」と答え、「女」たちがかわいそうだと付け加える。

朝林は、その言葉を受け、秀文の妻「真鶴金のことが心配だ」ともらす。真鶴金が王家筋の娘であることで、「実家に戻るよう、すすめているとの噂がある」という。そこへ城間親雲上が見え、秀達の妹で、先王夫人の前東之按司を、「実家の謝名原家にお帰し申し上げることになったということ」を告げる。

秀達は、すべてはこれで明らかになったといい、「謝名原家の問題は、国王即位のときのいざこざや、このたびの朝鮮出兵にからむ問題とは、別のところで火を噴こうとしている」のではないかともらす。

「暗転」四の場は、「異変の前兆」が「少しずつ形をあらわして来たかのように」先王夫人が実家の謝名原家に戻されるという噂が、現実味を帯びて来て、それが、「結局、この騒動の引き金になった」という「語り部の声」で始まる。

朝林と秀達との歓談は続いている。朝林が「前東之按司が実家に帰されるとの意味を」しっかり肝に銘じなければ、というのへ、秀達は、これで国王の心がどこにあるかはっきりしたという。

朝林が「おそろしいことになるぞ」と忠告する。そこへ秀典が顔を出し、朝林が「様子が、なにやらおかしくなって」きたといい、国王のやりかたに疑義をはさむと、秀典は「まだ気がついていないか」と投げかけ、「やがて、すべてが明らかになる」という。

三人が話し合っているところへ秀文がやってくる。そして、妻・真鶴金の実家から使者がきて、彼女を実家にかえすようにと伝えられたという。秀文が、謝名原一族はどうなるのであろうかという問いに、秀典が「近く、それははっきりする」と答える。

「暗転」五は、三司官たちの場である。三司官は、国王からではなく、鄭迵からの指示による話し合いを持つが、前東之按司を実家に戻すのは「謝名原一族への最後通牒」であり、火を噴くことになると危惧していると、今や、三司官をしのぐほどの実力者になった鄭迵に「一刻の遅延が悔いを千載に残す」と脅される。

そのあと、先王夫人は、実家へ戻されるという通知が謝名原家にもたらされ「すさまじい衝撃」が走ったという「語り部」の声があり、スポットのなかに前東之按司が、幼児の手を引いて登場、その日から、「謝名原家の門は固く閉ざされ」、「世間一般からは、反抗と見られ」た、と続く。

秀典が「死装束」で登場。国王は、謝名原一族を力で「制圧」するにきまっているが、それは、「国王としての力を国中に示したい」がためであり、「このたびの騒ぎの原因」は、「ただそれだけのこと」であるという。そして、自刃で「事を動かすことは」出来ないが、「最後の抗議の言葉を切腹という行動で示す」として、実行する。

3

「暗転」六は、「(秀達を中心に、左右に秀敏、秀文、小松金、小太郎金、小次郎金、秀達と並んで先王夫人前東之按司、真鶴、真蒲戸、真鶴金、真玉津一同、悲痛の表情)」のト書があって、当主秀典の死後「謝名原一族」がそろう場である。そこで秀達が、「重大な事態に備えて」の考えを述べておくとして、「王が軍を差し向ければ」闘うことになるので「女達は、それぞれの実家へ戻るように」と伝える。秀達の指示に対し、妻の真鶴が実家へは戻らないというと、真蒲戸、真鶴金も口を揃える。秀達は、さじを投げ、女たちの去就は亭主にまかせる、といい、皆が立ったところで、真玉津に「鶴千代の許へ逃れよ」という。真玉津は、此処に残ると答え、聞き入れない。

鶴千代が登場する。真玉津のあとを追おうとする鶴千代の姿をみながら、秀文は、妻の真鶴金に、実家へ戻るよう懇願する。真玉津も戻らないと返す。そのあと、子どもたちが登場し、「精いっぱい闘う」と声を励ます一方で、死ぬのは怖いといい、「いろいろ考えると、わからなくなる」が、伯父上や父親を信じ「闘えばよい」と誓いあい退場していく。それを見て、秀達は「不憫だが、共に連れていこう」という。真鶴も「親子そろっての旅出でございますね」と応じる。

「暗転」七の場は、鄭迥が、朝林に「豊見山親雲上安優、東江親雲上良幹と共に将となりて首里北の平等謝名原一族を討つべし」との「命令書」を読み上げるところからはじまる。鄭迥は、謝名原家の長男の嫁真鶴が、朝林の妹であること、朝林が秀達と昵懇のなかであることを知りながら、あえて、国王に謝名原家討ち入りの将に推薦したといい、「わかるかな、その意味が」といい「意味ありげにわらう」。

鄭迴は「大義は親を滅する」という。朝林は「なにが大義だ！」と吐き捨て、「なぜ、わしに謝名原攻めの将を命じられたか」と鄭迴の命に煩悶する。

4

「暗転」八は、秀達と朝林が、「酒を酌みかわしている」場である。

秀達は、鄭迴が、謝名原一族を討つための将に朝林を推したのは、「鄭迴の心づかいかも」知れないという。秀達と互角に戦えるのは朝林しかいないし、さらには「兄弟以上の間柄である」ことで、そうすることが「せめてもの情」であると「鄭迴は思ったかもしれない」という。朝林が「そのような恐ろしいことが、よくも平気で言える」と涙ぐむのへ、秀達は、謝名原一族は「自らの信念の下に死ぬ」といい、朝林と手をとりあう。

舞台が暗くなり、鶴千代と真玉津が戸を隔て、真玉津が鶴千代に別れを告げる場にスポットがあてられ、それが、再度秀達と朝林の場に戻り、朝林と真鶴、兄妹の対面、そして別れの言葉が交わされるところで、小松金が登場。朝林が、一子相伝の棒術の伝授ができなくなった無念を打ち明け、討ち入ってきた際には恐れることなく立ち向かってくるようにと励ましたあと、真鶴に「前東之按司と王女前は必ず、落し申し上げよ」と言い、最後の別れを告げる。

舞台が次第に暗くなっていくなかで、朝林は、真玉津が戸を隔てて鶴千代に対しているのを見て、「会わぬか」と声をかける。真玉津は「未練でございます」と答え、これまで可愛がってくれたことを感謝する。朝林は鶴千代が戸の前にいるのを抱きとめ、「行くではない」と諫め、「美しく死なせてやれ」という。その役目を一緒に討ち入りするお前がするのだといいきかせる。

舞台は暗いまま、「鬨の声」「銅ら、太鼓、ほら貝」「弓矢の音」「火のはじける音」があがり、朝林を将とする軍勢が、謝名原家を取り囲み、雪崩込んだという「語り部の声」があり、子どもたちの最後と、朝林が「流星の椙」で小松金を倒す場、鶴千代が真玉津の最後に立ち会う場、そして秀達と朝林が向かい合う場、秀達、真鶴最後の場と続き、朝林の「絶叫」があって、そのあとに「語り部の声」が流れ、幕を下ろす。

5

一九九〇年春季号『南涛文学』（以下「初出」と表記）に発表された「謝名原の乱」は、一九九四年『沖縄文学全集　戯曲II』（以下「改訂版」と表記）に収録される。その際、船越は、「初出」に手を入れ、大幅に書き改めていた。

初出と改訂版の違いを取り出していくときりがないので、ここでは、文意の変わらない文章の改変および場面の入れ替え等については省き、差異の大きい箇所についてだけ取り上げておきたい。

例えば、初出では「王師を受けて滅亡したか、原因がよく判りませぬ。『球陽』にも理由は記録されておりませぬ」とあるのが、改訂版では「王の軍勢を受けて滅亡したか、原因がよく分かりませぬ。御城日記と言われる『球陽』にも理由が記録されておりませぬ」となっていて、単語の変更、補注等がなされている個所、また「前東之按司が実家へ戻される旨の通知は、その日のうちに謝名原家に斉らされました。噂が立っている時の不安、いらだちが、現実になると、すさまじい衝撃に変わるのでございます。」といった箇所が「前東之按司は、お内裡から謝名原家へ戻り、そこから山原の知辺をたより、落ちてゆかれました。」といったような大筋を動かすほどではない出来事の変更等については触れない。

大きな改変の、その一つは、謝名原家の三男秀文・真三郎とその妻に関する件である。初出では、一家の三男で、長男、次男と心を一つにする人物として登場していた秀文が、改訂版では、「妾の子」で「生母は、百姓の娘」であるとし、「謝名原一族の厄介者、はみ出し者」であるだけでなく、自分で自分を「勘当」したとして、謝名原家と関係のない者になりたいと、謝名原一族にことごとく反抗的な態度をとる人物に変えられている。彼の妻も初出では、名前を「真鶴金」といい、王族の「大里按司の娘」となっていたのを、改訂版では、名前を真鍋にし、「百姓の娘」に変更していた。

その二つは、謝名原家の長男秀達・樽金が、落ち延びることなく最後まで子どもたちも一緒に戦うのだというのに、妻真鶴は異を唱えることなく「親子そろっての旅出」だと応じていたのが、改訂版では、攻め込まれる段になって、子どもを「このまま散らしていくのは母親として」辛いと嗚咽し、夫にあらがう姿に変えていた。

その三つは、次男秀敏の嫁真蒲戸が、実家に戻るようい われながら、「此処が死場所」だとして戦いにのぞむが、最後の最後になって「私は、小太郎金や小次郎金を連れて逃げます」と半狂乱になっているのを、秀敏が斬ってしまうというかたちに変えていた。

その四つは、「暗転」五の場で、初出に見られる「三司官の談合の場」を、改訂版では削除していた。

その五つは、「暗転」一の真玉津と鶴千代の場の最後に琉歌二首、仲風一首を挿入していた。

その六つは、「暗転」八の最後に「琉歌」を挿入、「はじめは、小太郎金、小次郎のふたり」そこへ小松金が加わり、踊る場面を設定していた。

その七つは、城間親雲上が、謝名原家を訪れ、先王夫人前東之按司が実家謝名原家に帰ることになったと話す場面が、改訂版では「城間親雲上からの書状が」届いたというかたちに改めていた。

その八つは、初出では、「語り部の老人」を、「乳母」にかえ、登場人物の一人に加えていた。

改訂版は、初出をそのように大きく変えていて、それが、少なくとも八か所にわたってみられた。秀達と妻真鶴、そして秀敏と妻真蒲戸の場面は、「謝名原の人間であるより、母親として子供たちを守りたい」という「女親」としての情を強く押し出していくためになされた改訂であったし、秀文と妻真鍋が、最後になって戦いの場にはせ参じるのは、「謝名原の家の者として」という、血縁の強さを示すためであり、謝名原家が名門であった由縁を語るためであった。乳母の登場も、同じく謝名原家が格式の高い家柄であったことを示すものとなっていた。

改訂版は、そのように二重三重に場をもりあげるための増補が行われていて、くどくなった点がないわけではないが、一段と謝名原一族の悲劇を浮き立たせるものとなっていた。

6

「謝名原の乱」は、最初に、謝名原一族が、王位継承に反対したことで、それが「陰謀」とみなされ、「謀叛人」「不忠の者」として「罵声」を浴び「投石」されるといった事件があったというかたちで始まっていた。

謝名原一族は、尚寧が王位を継ぐことに異を唱えた。尚真王の嫡流であるとはいえ、すでに廃嫡になった家柄で、王位は尚清の血筋が継いでいた。それ故、尚清につながる先王尚永に王子がないというのであればその後は弟の尚久が継ぐべきであり、「更に、尚永王夫人前東之按司」は懐妊していて、「王子御降誕となれば、どうするか」といった疑問があった。

謝名原一族の反対は、そのように「既に四代も前に廃嫡になった家柄」が王位を継ぐことに疑問を抱いたことによるものであったが、たまたま先王夫人「前東之按司」が「謝名原親方の娘であった」ということもあり、「王位を私せんとする陰謀と見られ」たのである。

王位継承問題でもめた記憶が新しい中で、朝鮮出兵にからむ問題が起こる。謝名原一族は、またもや王府側と立場を異にする。謝名原家への「罵言」や「投石」はそのためであることが明らかにされ、さらに「先王夫人」が、実家謝名原家に帰されるといったことが起こる。それは、一種の追放であり、王府の謝名原一族に対する意向を明確にしたものであった。

謝名原一族の「滅亡」の「原因」は、一度ならず二度にわたって、王府と見解を異にしたことにあったことが、噛んで含めるように記されていく。

作品が、『球陽』には記されていない謝名原家の「滅亡」の「原因」を探るということにあったとすれば、それで終わりということになる。しかし物語は、その「原因」を明らかにした後から、始まるといっていいものであった。

作品は、謝名原一族の「反逆」と、「討伐」されるまでの過程を追っていくが、そこで、尚寧の指南役として登場してくるのが鄭迵であった。朝鮮出兵にあたっては秀吉および島津の命に従わないよう進言し、明国に、朝鮮出兵の件を知らせようと図り、それに反対する謝名原一族の「討伐」を図る人物である。

作品は、鄭迵の登場で、俄然迫力を増す。

「謝名原の乱」は、『球陽』記載の記事を踏まえていた。しかしそれは、書く動機を与えたというだけで、人物等そのほとんどが船越の創作になるものだった。鄭迵についてもしかりである。

船越は、「謝名原の乱」の前に、「謝名親方　鄭迵」を書いていた。一九六四年一二月から六五年一二月一七日までまるまる一年に渡って連載されたそれは、偉人鄭迵伝とでもいえるもので、彼の幼少年時代から尚寧の父・与那城王子朝福との出会い、官生として明国への留学、そして尚寧即位と同時に尚寧の相談役となり、薩摩入りで薩摩軍を迎えうち、検束され、敗北し薩摩に連行されるといったことを描いたものである。

「謝名親方　鄭迵」は、一八〇回目から二二六回まで「反乱」の章立てで、いわゆる「謝名原の乱」を扱っていた。「謝名原の乱　一幕」は、「反乱」を独立させ一編にしたものであったといっていいのである。

「反乱」と初出の「謝名原の乱」とを比べていくと、基本的な構成に大きな違いはないが、多くの書き換えが見られた。その一つは、人物および人物名である。

「反乱」に見られる謝名原一族の謝名原親方秀信、長男秀親、次男秀春、三男秀盛、四男秀高が、「謝名原の乱」では、謝名原親方秀典、謝名原親方親雲上秀達（樽金―長男）、謝名原親雲上秀敏（真山戸―次男）、謝名原里之子親雲上秀文（真三郎―三男）といったようになり、新たに小松金、小太郎金、小次郎金といった「元服してもよい」年頃の少年たちを登場させていた。

「反乱」で討ち入りの指揮をとるのは池城親雲上安頼、東風平比嘉親雲上盛続、摩文仁親雲上安恒とあるが、「謝名原の乱」では池宮城親雲上朝林、豊見山親雲上安優、東江親雲上良幹になっている。

その他与那原里之子良典は山田里之子鶴千代に、そして西之按司が前東之按司にというように登場人物名を変えていた。細かい点では、謝名原親雲上朝達の妻真鶴を朝林の兄妹にしていて、彼らが単に刎頚の友であるだけではなく義兄弟の間柄でもあるとしていた。

『球陽』には、謝名原一族の名前は記されてない。「反乱」では、四名であった兄弟が、「謝名原の乱」では三名になり、長男に息子一人、次男に息子が二人いるかたちにしていた。「反乱」で王府軍の指揮を取った三人の名前は、『球陽』記載に則っているが、「謝名原の乱」では変えられていた。

「反乱」と「謝名原の乱」との違いを見ていくと、これまたきりがない。

「反乱」もそしてそれを書き直した「謝名原の乱」も、史実に材をとっていたが、史実そのままではなかった。作品が、史実そのままでないことは、「謝名親方　鄭迵」の一六七回目に付された「作者注」が明らかにしている。船越はそこで、「王代記、その他によると尚永王に王女がふたりいる。即ち、真銭金（阿応理屋按司加那志）と思武大金（聞得大君加那志）である。王子がいなかったために、浦添家の尚寧が王統をついだことになっているが、小説としての構成上、側室の腹から王子が生まれていたことにする。この幼い王子の擁立をめぐって、波乱がおこりそれが、尚寧王四年におこった首里西の州（ひら）の謝名の乱（本編の主人公謝名利山、即ち鄭迵ではない）にまで発展するわけである。為念」とあるように、「小説の構成上」事実をまげたとしているのである。名前の変更どころか、史実と異なることもあるとしていたのである。「反乱」および「謝名原の乱」は、虚構だということを宣言していたのである。

「謝名親方　鄭迵」の幼少年時代、および与那城王子朝福との関係など間違いなく船越が作り上げたものであった。例えば「利山と浦添家とのつながり――。それは尚寧がこの世に生をうけないころにはじまっている。尚寧の父与那城王子は、久米随一の悪童のほまれ高い松金の剛毅な性格を愛した。その松金が、利山となり、与那城王子の子である自分の教育に当たった。この度の王位即位についても利山の論が勝ちをしめた。自分が国王に即位することになったのも、利山の力によるところが多いーー尚寧はそう思う」（一七二回）といった箇所もそうだし、また与那城王子が、一五歳の少年松金（鄭迵の幼名）に、「生まれてくる子が男でも女でもいい……その子の相談相手として、力になってもらいたい。ねがいとは、このことじゃ」（一二四回）という箇所など、鄭迵の並外れた才能を示すための方策だとはいえ、ゆきすぎの感がないわけでもない。

7

船越が何を基本資料にしたのかはっきりしないが、鄭迵について触れたのでは真境名安興の『沖縄一千年史』や東恩納寛惇の「鄭迵及び其の時代」等がある。真境名の『沖縄一千年史』には、「慶長四年（一五九九）春、尚寧長史鄭迵等を明朝に遣はし封を請ふ。」というのがあって、それが初出である。それより前の一五七九年に起こった「首里西州謝名一族叛す」の項には、鄭迵の名前は出て来ない。

東恩納の「鄭迵及び其の時代」には、「謝名原の乱」についての記述はない。

「鄭糸数兼治は、「東恩納寛惇が抄録した鄭姓家譜（湖城家）によると」として、鄭迵について「鄭氏の九世で、号は利山、一五六五年二月二十二日、命を奉じて官生となり、南京の国子監に入学し、七年後の一五七二年に帰国。一五七四年都通事、一五七七年総理唐栄司、その後宜野湾間切謝名地頭職を授けられ、謝名親方と称す」（「閩人渡来六百年　久米の人物群像〈6〉」沖縄タイムス　一九九二年七月十六日）と紹介し、「一六〇六年城間盛久を退けて三司官の要職に就くが、久米村出の三司官は異例のことであった。鄭迵がいかに『才力人に過ぐ』（南浦文之『討琉球詩序』）る人物であったかがわかる」と書いていた。

「鄭迵及び其の時代」には、一五七七年の後「謝名原の乱」があった一五七九年には「万暦七年己卯十二月十一日為進貢謝恩事、奉使為長史、随王舅馬良弼赴閩上京事竣帰国後為総理唐栄司」という事績が記されていた。糸数はその部分を省略していたが、それはともかく、東恩納は「系譜」をふりかえり「彼れは十七の若冠を以て閩に留学し卅四歳には帰りて総理唐栄の重職につけり。総理唐栄司とは、俗名総役とも曰ひて唐栄即ち閩人の植民部落たる久米村の事務を総理する役名なりとす。彼れの昇進は実に旭日の天に冲する如きものありき。彼れは単に洋行帰りとして幅を利かしたるのみならず、実際の力量に於ても亦時人を抜くものありき」と瞠目していた。しかし、そこにも「謝名原の乱」と関わりのある記述はみられない。

鄭迵の人物像については、真境名も東恩納もともに参照している『喜安日記』に詳しいが、その評価は芳しいものではない。それは、「薩摩入り」と関わる記述によく現れていて「つら〻事の心を思ふに、今度琉球の乱劇の根本を尋るに、若那一人の所為也。其上佞臣也」とある。『喜安日記』は、そのあと鄭迵が「首を刎ねられ」たといったことを記したあと、「若那も随分血気の勇者にて抜群の仁なりしか共、仁義なきが故に身を亡ぼしけるぞあはれなる」と付け加えていた。「鄭迵と其の時代」は、より積極的に、「彼れは時代の作為者なりき。彼れは自ら作したる時代の犠牲になりにき」と書いていたが、『沖縄一千年史』は、若那（謝名・鄭迵）の行動が、薩摩との「大島群島分割」をめぐる交渉に刺激されて「多少常軌を逸せしならんも、謝名の為めに慶長役を起せりとは到底信ずべからざるなり。謝名の行動は、慶長役の口実を彼に設けしめ、慶長役を早め、慶長役に点火せる者とは云ひ得べけんも、慶長役を起しゝ唯一の真原因が之に在りといふのは、皮相の観察に過ぎざるなり」と『喜安日記』の見解に異をとなえていた。

「薩摩入り」の際の鄭迵については、さまざまな評価がなされてきたし、「『喜安日記』や『中山世鑑』以来、鄭迵は薩摩侵入を招いた人物、権臣とされてきたが、その評価はしだいに変わりつつある」（田名真之「鄭迵」『沖縄大百科事典』）ともいわれる。

「謝名親方　鄭迵」は、その一つともいえるもので、『喜安日記』が「佞臣」としているのを、「忠臣」として描いていた。そして、それを一編に仕立てた「謝名原の乱」も、「忠臣」鄭迵を踏襲していた。船越が、鄭迵を傑物だと見ていたことは「謝名親方　鄭迵」からわかる。そしてそれは「謝名原の乱」でも基本的には変わってない。

船越が、史実には記載されてない人物をあえて「謝名原の乱」に登場させたのは、「謝名原一族」を、いわゆる「大和派」と見たことによっていよう。

東恩納寛惇は「琉球歴史は日支両思想消長の歴史なり。琉球政府の国是は、如何にして此の両思想を調和すべきかに有りき。所謂両属政策是に於て乎起る」と「鄭迵及び其の時代」を書き起こし、「慶長十四年に於ける島津氏の琉球征伐の如き、亦此両思想不均等の結果に外ならず。換言せば支那思想の過重に対する日本思想の反抗、即ち琉球に於ける日支両思想最初の一大衝突に過ぎざりしより、而して其自国を呪詛すべき時代の作為者たりし者は謝名親方鄭迵実に其人也」と指摘していた。

船越が、「謝名原の乱」に、史実には記されてない鄭迵を登場させたのは、「謝名原の乱」が、東恩納が指摘していた、その真逆のかたちすなわち「日本思想の過重に対する支那思想の反抗の現れ」と見たこと、そして「日支両思想最初の一大衝突」であったと思慮したことにあるだろう。「謝名原の乱」に、鄭迵を登場させなければならなかった由縁である。

そのことでいえば「謝名原の乱」は、表面的には「日本派」の謝名原一族が、「中国派」の鄭迵一派に敗れていったことを書いていたといっていいものだが、その内実は、しかし、別にあったというべきだろう。作品は、「時代の作為者」鄭迵ではなく、彼の命令で動かざるをえなかった朝林のような、いわゆる命令を受けて実行する者の悲哀を描き出そうとしたものであったといっていい。それは、「反乱」をへて「謝名原の乱」にいたって、より鮮明になっていったといえよう。

「反乱」は、次のように終わっていた。

(なんのために、この立派なさむらいが死ななければならなかったのだ)

池城安頼は唇をかみしめたままおえつにたえていた。

東の空が白み、薔薇色の夜明けはすぐそこに迫っていた。

それが「謝名原の乱」では、次のようになっていた。

大義とはなにか。国とはなにか。国王とはなにか。国王のおん為とはなにか。国王の勅ならば、なにものにも代え難い友も肉親さえも斬る。それが君臣の道、さむらいの道だとは。さむらいとは、人間の感情を持たない機械（ヤーマ）なのか。おれは、その「ヤーマ」だったのだ。それにひきかえ、樽金、真鶴、いや謝名原一族の者たちは、年若い小松金たちまで、血の通った人間だった。自分が正しいと信ずる道をつらぬきとおして死んだ。本当の人間だった。

樽金よ、樽金―よ。真鶴―、小松金―。

そのあとにト書きともいえるかたちで（絶叫次第にうすれ）とある。

船越が「謝名親方　鄭迵」の一部「反乱」に焦点をしぼり「謝名原の乱」に仕上げたのは、この「絶叫」を付け加えたいがためだったといっていい。

朝林の「絶叫」は、痛ましい。

「謝名原の乱」が、何を強調しようとしたか、よく表れた箇所であったが、その書き代えは、時代が大きく影響していた。

「反乱」が書かれたのは一九六四年から六五年、「謝名原の乱」が発表されたのが一九九〇年、その間三〇年。三〇年の間に、明確になってきたことがあったのである。

沖縄が異民族統治から脱したのが一九七二年五月一五日。その日琉球は沖縄となり、日本の一県として、これまで見向きもされなかったあらゆるものが「本土並み」になると湧きたった。それは「悲願」の成就といっていいものであったといえるが、その「悲願」は、ほとんど顧慮されることなく踏みにじられていった。

その時、多くの人々の胸に去来したのがほかならぬ「国とは何か」ということであった。船越は、人々のそのような心情をひしひしと感じとったにちがいない。「謝名原の乱」の最後を「おえつにたえていた」から「絶叫」に書き換えたのは、国に尽くすために、大切なものをも振り捨てざるをえなかったものたちの苦悩が、身近に感じられたことによるであろう。歴史に翻弄された人々の群像を描いていくなかで、船越には、鄭迵的人物をはじめ、朝林的人物そして朝達的人物が、それぞれ掌を指すように見えていたのではないかと思う。それだけに、私情に流されることを戒めながら、あふれんばかりの情愛を込めて、「自分が正しいと信ずる道をつらぬき」とおした人々を描いたのである。

「闘牛小説」を読む

又吉栄喜には、「カーニバル闘牛大会」(一九七六年)、「憲兵闖入事件」(一九八一年)、「島袋君の闘牛」(一九八二年)、「闘牛を見ないハーニー」(一九八二年)、「闘牛場のハーニー」(一九八三年)、「少年と闘牛」(一九八四年)といった一連の「闘牛」を素材にした小説がある。

又吉が、一九七〇年代末から一九八〇年代初期にかけて書いた一群の作品を、今かりに「闘牛小説」と呼んでおくと、又吉の「闘牛小説」には三つの系列が認められる。一は、闘牛場で起こった「外人」による事件を扱った作品系。二は、闘牛場に「ハーニー」が登場する作品系。そして三は、牛の「飼い主」たちを取り上げた作品系である。作品の発表は、「島袋君の闘牛」を別にすれば、ほぼ一、二、三の順になっている。

又吉の「闘牛小説」について、ここでは作品の発表順に、系列の一から見ていくことにしたい。

又吉栄喜が、最初に発表した「闘牛小説」は、「カーニバル闘牛大会」であった。同作品は、「第四回琉球新報短編小説賞」を受賞。作品が、紙上に掲載されたのは一九七六年一一月七日。作品が掲載される前の一〇月六日の朝刊一面には「又吉氏の『カーニバル闘牛大会』が入選　新報短編小説賞」、三面「時の人」欄には、「今後も沖縄舞台に」の見出しで、又吉の紹介記事が出され、一〇月一九日には「入賞作品の選評」が、一〇月二一日には「文学を志す人たちへ　第四回琉球新報短編小説選考会から」と題した関連記事が掲載された。

「琉球新報短編小説」の選考委員は永井龍男、霜多正次、大城立裕。三者の評を見ていくと、「闘牛大会場の入口で、牛に傷つけられた米人が怒ってわめき散らすのを、人びとがとりまいて対峙するという、たぶん二、三十分にすぎない単純な出来事を、最後までおもしろく読ませる筆力をもっている、文章の幼さが気になるが、それがかえってユニークな魅力にもなっている。」（霜多正次）、『カーニバル闘牛大会』の少年の眼と姿勢とは、魅力的である。文章に稚拙さはあるが、それでいて少年らしさの出た印象的描写も多く、一見黙ってばかりいる少年の体内に、なんと多くの微笑ましい叫びがあることか、二十枚で書けないものでもないとは思うが、四十枚になって無駄が出たわけでもない」（大城立裕）、「文章が読みにくいので、注意が短いセンテンスに集注され、懐中電灯を点けて部分部分を点検するような苦労をさせられたが、それが却って広い進駐軍用地や人だかりやマンスヒールド《ママ》さんを、時折り大きく見渡す効果を生んだ。」（永井龍男）といった評が見られた。三者ともに「文章」の幼稚さ、稚拙さ、「文章修練」の浅さを指摘しながら、それが「ユニークな魅力にもなっている」と評していた。

三者の作品評は簡潔、分明である。説明の必要があるとすれば、大城の「二十枚で書けないものでもないとは思うが、四十枚になって」という点であろう。

琉球新報短編小説賞が創設されたのは、一九七三年。当初は原稿用紙二〇枚であったのが、第四回から四〇枚なっていく。大城立裕が「二十枚で書けないものでもないとは思うが、四十枚になって無駄が出たわけでもない」というのは、そのことに関しての発言であった。岡本恵徳によれば、二〇枚から四〇枚になったことで、「すぐれた作品が登場するようになり、沖縄の小説の水準を高める」（「受賞作解説」『沖縄短編小説―「琉球新報短編小説賞」受賞作品―』）ことになったという。

又吉の作品は、その枚数を倍にした最初に登場した作品であった。そしてそれは、これまで小説の素材として取り上げられることのほとんどなかったといっていい「闘牛」を取り上げたものとなっていただけでなく、「闘牛」が、基地と深く関わっていることに目を向けた作品となっていた。

作品は、「米軍カーニバルには万遍無く全島に巣くっている米軍基地の重い幾十ものゲイトが沖縄の住民に開放される」とはじまる。そして「この年、西暦一九五八年は北中城村在の瑞慶覧体育館横で特別に闘牛大会が催された。」と明記していた。

カーニバル闘牛について、謝花勝一は「一九六六年から七二年まで米軍キャンプ瑞慶覧内で年一～二回開かれた闘牛大会。最後の大会は復帰の日から（五・一五）二カ月後の七月九日。大会は時の施政権下の最高権力者、高等弁務官が姿を見せた」（『ウシ国沖縄・闘牛物語』ひるぎ社　一九八九年）と紹介していた。比嘉良憲も「沖縄闘牛考～その様式の変遷～」で「一九六六年から復帰までの短い期間ではあるが、世上の一大ブームに支えられて、米軍基地内においてもカーニバル闘牛大会が開催されるようになった」（『あまみや』沖縄市立郷土博物館紀要第一七号、二〇〇九年）と記していた。

『琉球新報』は、一九六六年六月三〇日「闘牛も初参加　きょうから琉米親善カーニバル」の見出しで、「この三十日から来月四日までの五日間、北中城瑞慶覧で恒例の琉米親善カーニバルが開催されるが、ことしはカーニバルの呼びもののひとつとして闘牛大会が初参加する。」と報じていた。新聞をはじめ謝花や比嘉が書いている通り、「カーニバル闘牛」は、一九六六年にはじまったことがわかるが、又吉は、それを「一九五八年」にしていたのである。

ちなみに一九五八年の新聞をめくっていくと、八月一日に「八月中旬にカーニバル　カデナ基地」の記事がでている。八月一五日には「きょうから空軍カーニバル　米琉親善で楽しく　多彩なプロで三日間」の見出しで「琉米合同による空軍カーニバルは、きょうから三日間嘉手納空軍基地フットボール競技場で花々しく催される」とあり、「十五日よるの花火をはじめ、空中パレードと空中ショウ、琉・米カーニバル女王を選ぶ美人コンテストや一万ドルの宝くじなど多彩な催しものがある」（『琉球新報』）と報じているが、そこには「闘牛」の文字は見当たらない。

また八月三一日には「旧盆エイサー　各地で賑やかに」の見出しで「旧十三日から十五日まで各地でにぎやかなエイサーが催された」（『沖縄タイムス』）と旧盆の行事をふり返っているが、そこにも「闘牛」に関する記事は見当たらない。

「一九五八年」にはまだ「カーニバル闘牛大会」は開催されていなかったのである。また次のような小話が出てくるのも六〇年代になってからである。

「カーニバル闘牛大会」には、「外国車」を傷つけられた「チビ外人」の他に、あと一人「『沖縄人』とはけたがちがいすぎ」る男が登場する。そしてそこで起こった騒動を彼が治めてしまうのであるが、彼のモデルになったのではないかと思われる人物の小話である。

いつも白面の顔にチョビ髭を生やし巨体をひっさげて闘牛場に現れるが、ダグラスさんは闘牛ファン歴がもう十二年になる。彼は本国で高校を卒業して間もなく軍隊を志願し、海兵隊に入隊してしばらくして沖縄へ渡ってきたという。一九六一年（昭和三十六年）のある日曜日に、退屈しのぎに不図みた闘牛がよほど気に入ったとみえて、以来こんにちまで足しげく闘牛場がよいしている。現在ズケランの陸軍病院に勤めている軍曹で、沖縄人を妻として読谷の喜名に居を移しているが、ベビーはひとり。アメリカ人でも、とくに大柄で身長二メートルぐらい、体重も百五十キロは優にあるプロレスラー並みのデッカイ男だ。

前宮清好の『沖縄の闘牛』（琉球新報社　一九七二年）に見られる小話である。

又吉は、「チビ外人」の前にあらわれた「『沖縄人』とはけたがちがいすぎ」る男について「身の丈百九十五センチ、体重百三十キロの巨体が」と書いていた。又吉が、作品の登場人物として、前宮が紹介していた男をモデルにしたに違いないことは、そこから推測できるのだが、その男が、闘牛場に顔を見せるようになるのは「一九六一年」からであった。

そのような一挿話からも見えてくるのだが、又吉は、年代を違えて作品の時代をあえて「一九五八年」に設定していたのである。

又吉の「カーニバル闘牛大会」の粗筋は次のとおりである。

闘牛大会場に乗り込んできた「外国車」を、牛に傷つけられたことで激怒している「チビ外人」に対し、牛の鼻綱を持っている男をはじめ、闘牛大会を見に来た人々は、ただひたすらに「チビ外人」の剣幕に耐えている。そのとき、いつの間にか現れた闘牛好きの「『沖縄人』とはけたがちがいすぎ」る男が仲介に入り、何やら話し合うなかでもめ事を解消してしまうというものである。

「外国車」の損傷をめぐる問題が、「チビ外人」と鼻綱持ちの男との間ではなく、そこに現れた「『沖縄人』とはけたがちがいすぎ」る男との応答で解決してしまうというかたちになっているのである。「カーニバル闘牛大会」が浮かびあげた大切な問題のひとつである。

「カーニバル闘牛大会」について論じたのに岡本恵徳がいる。岡本は、「チビ外人」に「対して、ただ外人だということだけでもって何も出来ない沖縄人の姿の向こうに、米軍統治下の沖縄人の姿を連想するのは深読みだとは言えない」とし、少年の心理を追った箇所である「少年が考えるように人々は傍観しているわけではない」以下の文章を引用し、少年のこの「内面の描き方は、事件の大きさや性格からすれば大仰な説明である。しかし、これが米軍統治下の沖縄の状況の暗喩だとすれば十分に納得がいくのである」と書いていた。

岡本はさらにあと一歩すすめ、又吉の作品は、「『劣等で非力にみえ』る人間達と対比して、表面はおだやかだが闘うべきときには敢然と闘う秘めた闘志を持つ牛を美しいと見る少年を描いたところに、当時の沖縄の現実に対する批判をみることも出来る」とした。そして、注目すべき点として「沖縄の人たちとの間のトラブルを解決する人物として『マンスフィールドさん』を登場させているこ と」だといい、闘牛好きで少年たちの人気者を登場させ、「そういう人物によってトラブルが穏やかに解決されるという描き方に、この作品の特色をみることができる」とした。

要点の一つは、この「トラブルが穏やかに解決される」といった点にあった。約言すれば、「外人」対「沖縄人」との事件が、「外人」対「外人」の話し合いで終息する。そのようなあり方は、問題の解決において、「沖縄人」を必要としないということを示しているともとれるのである。難題になればなるほど、沖縄の頭越しに討議が行われ、それがどのように決着したか不明、といったかたちになっているということである。岡本にならって言えば、それは沖縄問題についての諷喩であるととれないわけでもないのである。問題の解決が沖縄側を抜きにしたものになっている点でもそうだが、作品が独自なのは、被害者が沖縄側ではなく外人側であるという点にもあった。

少なくとも、一般的には沖縄側は被害者、統治者側は加害者という構図が出来上がっていたといっていいが、それを逆転させていたのである。とはいえ、問題の解決が、沖縄を抜きにしたかたちになっていた点は見逃すことができないはずである。作品の時代を、五〇年代に設定した理由の一つはそこにあったのではないかと思う。

沖縄の問題が、沖縄とアメリカとの間で討議されて解決されるというかたちより、アメリカ側だけで討議されて、沖縄側はただ傍観しているだけといった状況が、六〇年代に比べて五〇年代はより歴然としていて、それが、五〇年代を選択させたのではないかということである。さらにまた、作品を生き生きとしたものにしているといっていい「マンスフィールドさん」が、とりわけ少年たちのねだる菓子を、列を作らせて配る光景も、六〇年代より五〇年代によりふさわしいといったことがあったのではないか。

作品内に取り込まれているエピソード、例えば「女の足元に古いアルミニウム製のタライが置かれていた。中に十数本のコーラが浸されていた」といった実況や「軍用地料の一括払いを米民政府から受け取って」といった説明もそうだが、登場人物たちの風体、例えば「素足より二文は大きいであろうアメリカ製の革靴をはいて」といった服装に関わる表現も、いかにも五〇年代風になっていた。そしてあと一つは、「一九六〇年代になると沖縄闘牛は爆発的なブームを迎える」（比嘉良憲「沖縄闘牛考〜その様式の変遷〜」『あまみや』第一七号　二〇〇九年）といわれているが、闘牛ブームを迎える時代の前の、というよりも、まだテレビ等にかじりつくようになる前の少年たちが闘牛場を飛びまわっていた時代を描き出したかったことによる時代設定であったのではないかと思う。中村政則編著『昭和時代年表』（岩波ジュニア新書　一九八六年）の一九五八年の項をみると「テレビ局の設置した街頭テレビ、食堂や理髪店や電機屋が客集めのため店頭に置いたものが、いまや家庭に入りこんでいった」とある。沖縄が『テレビ時代』に入るのは、遅れて六〇年代に入ってからである。

「カーニバル闘牛大会」についてはあと一つ付け加えておきたいことがあった。又吉は、同作を『パラシュート兵のプレゼント』（海風社　一九八八年）に収録する際、語句を改めていた。例えば「自動車」を「外国車」にといったように、単語をはじめ、その他数か所の語句を改めていた。その後、同作品は『沖縄短編小説集―「琉球新報短編小説賞」受賞作品―』（琉球新報社 一九九三年）に収録されるが、それは、発表当時のままになっている。その理由は「初出のまま」ということによるのであろうが、本文引用の際、テキストについての注記が必要になるかと思う。

2

「闘牛小説」の二作目である「憲兵闖入事件」は、題名そのものが語っている様に、「闘牛の入場口に八人のアメリカ憲兵が現われ」闘牛を中止させた事件を扱ったものである。前作に引き続き、闘牛場におけるトラブルを扱ったもので、「日米の戦争が終わって十五年にもならない。弾丸で親や兄弟や子供を殺された事実がまだ生々しい」頃のこととなっていて、やはり作品の時代設定を五〇年代末ごろにしていた。

作品に触れていく前に、まずその時代設定についてみておきたい。謝花勝一はその著『うし国沖縄・闘牛物語』（一九八九年）で、闘牛の「戦後開始は一九四七年旧暦四月十五日の石川東恩納大会。八組の対戦で、下から三番目（シーの六番戦）のとき、米軍憲兵隊がピストルをかざして場内に入り込み、大会の中止を強制。その理由は『動物虐待』『琉球人の集団行動禁止』ということだった」と書いていた。戦後の闘牛の開始に関しては、謝花の記述が集約しているといっていいが、ここで、煩を厭わず、その部分に関する記述がみられる幾つかの資料を紹介しておきたい。

1　昭和二十二（一九四七）年七月、何とか十六頭の牛を集め、沖縄本島中部の恩納村で戦後初の闘牛大会の開催にこぎつけた。
三千人を超えるウチナーンチュが集まり、ウシオーラセー再開の喜びに満ち、雰囲気もよかったが、四番目の取組中に銃声が闘牛場に響き、観衆は騒然とした。米軍の憲兵隊五十人あまりが、ピストルをかざして場内に入り込んで来たのである。憲兵隊は主催者に、

「琉球人の集団行動をわれわれは固く禁じているのは承知のはずだ。この集まりはなんだ！」

「牛と牛を闘わせるのは動物虐待だッ！」

こう大声で注意して、大会の即刻中止を命じた。

ピストルを携えている米軍には逆らえず、大会はその場で中止となった。（小林照幸『闘牛』二〇一一年）

2　そして再開は戦後になるが、場所は石川市（現うるま市）東恩納（今帰仁村呉我山という説あり）、時期も一九四六年（昭和二一年）から四八年（昭和二十三年）として定かではない。（中略）また、再開もスムーズだったわけではない。当時の沖縄は米国占領下にあった。そのため、やっと再開を果たした闘牛会場に憲兵が現れ、動物虐待や「牛をけしかけて暴動を起こさんとしている」という理由により、即時中止の命令を下されたという。（比嘉良憲「沖縄闘牛考～その様式の変遷～」『あまみや』沖縄市立郷土博物館紀要第一七号　二〇〇九年）

3 一九四六年（昭和二一年）四月十五日春風吹き渡るアブシバレー（畦払い）の日、ここ石川市東恩納闘牛場で戦後初の闘牛が開かれた。戦塵さめやらぬ中、約三千人の観衆も、久しぶりに明るい表情、静かに闘牛の始まるのを待った。（中略）地元の有志、平良哲夫、伊波栄可、大城曽孝、松下盛一の各氏が集まって闘牛をやることに決めた。
四人は早速、米軍政府のスキーズ法務部長に会いに玉城村の親慶原へ行き事情を説明した。ところが「ここではない。参謀本部へ行け」と断られ、今度は北中城村の屋宜原へ足を延ばし、やっと米軍の了解を取り付けてきた。

闘牛のふれ込みがさっそく石川の街を回った。牛は全島各地の戦争の生き残り十六頭をかり集めた。そんな訳でいよいよその日。朝から闘牛が始まり既に二組が終わってリングでは、いま、シーの六番が熱戦たけなわ。が突然米軍憲兵隊十人近くが拳銃を振りかざして場内に躍り込んできた。たちまち試合は中止となった。（中略）。

あとで憲兵隊にことの理由をただしたところ、米軍の言い訳がふるっている。牛をけしかけて暴動を起こさんとする沖縄人め。戦後の混乱期の話である。（前宮清好「闘牛余話①」『琉球新報』一九八九年）。

4 一九四七年春に、ようやく八組を狩り集めて石川市の東恩納で始められたが、試合半ばに米憲兵隊の横槍がはいり、『動物虐待』の文句をつけられて解散させられた。（前宮清好著『沖縄の闘牛』琉球新報社　一九七二年）。

5　一九四八年といえば終戦三年目で衣食住はもとよりあらゆるものが欠乏していた時代である。（中略）

その年の夏、石川市東恩納で戦後初の闘牛大会が催された。出場牛はケンカのやり方もわからないようなチャチな牛ばかり五組だったが、長い間中断されていたことと娯楽がなかっただけに数千の人が集まった。（中略）。

ところがこの大会は、観衆の中に一人の米兵が入り込んでいたため中断されてしまったのだ。当時MP隊が米兵と沖縄人が接触するのを好まなかったかどうかは知らないが、とにかく観衆の中に入り込んだ米兵をMP二人が連れ出そうとしたが、人ゴミの中を逃げかくれするものだから連れ出せない。怒ったMPはまだ二組終わったばかりの闘牛を中断させてしまったのである。このため数千の観衆が怒りだしワイワイ騒いで一波乱おきそうな気配だったという。（中略）。

当時は社会不安が残っていて、人心も動揺していたときだけに闘牛大会のたびに万余の人たちがゾクゾクつめかけるのを暴動とまちがわれ、米兵に警戒されるというエピソードもあったが、これも今では語り草となってしまった。（富川盛博「闘牛夜話（10）」『琉球新報』一九六三年二月一一日）

1から5までの引用から明らかなのは、戦後最初に行われた闘牛大会が憲兵隊によって中止、解散させられたということである。その時期、場所および人数等についてはいくつかの異なった説があるとはいえ、戦後最初の闘牛大会がおもわぬ事態で中止、解散させられたといった点については一致していた。

又吉の「憲兵闖入事件」が発表されたのは、一九八一年。1から3までは、又吉が「憲兵闖入事件」の発表後に出たものであることからして、又吉の目に入ることのなかったもので、彼が参考にしたのがあるとすれば、4と5ということになる。

又吉が、前宮清好著『沖縄の闘牛』を参考にしたのは間違いない。しかし、それは「試合半ばに米憲兵隊の横槍がはいり、『動物虐待』の文句をつけられて解散させられた。」といった箇所であり、「一九四七年春に、ようやく八組を狩り集めて石川市の東恩納で始められた」という「一九四七年春」については、前宮の書によることはなかった。参照しなかっただけでなく、又吉は、その事件を一九五〇年末頃に起こったものとしていたのである。

「憲兵闖入事件」の粗筋はつぎのとおりである。

アメリカ憲兵隊の八人が、突然闘牛場へ闖入してきて、角突き合わせている牛を引き分けさせる。闘牛連合会会長の蒲助が、憲兵隊の上官に近づいてくると、上官も歩み寄り、何か話し始める。蒲助はそれに「沖縄方言」で応じる。「蒲助と上官の会話は〈ちんぷんかんぷん〉」であったが、そこへ「牧港の米軍第二兵站部隊に勤めている」男が通訳をかってでる。そして二人の会話が通訳を通して始まっていくが、上官の言葉は、すぐに闘牛をやめさせるようにというもので、それに対し蒲助の言葉は、許可は取ってあるというものであった。二人のやりとりではらちがあかぬと思った上官は、通訳を通し、闘牛士たちに牛をつれてすぐ引き上げさせるようにと命じる。闘牛士たちは蒲助に相談する。蒲助の返事は、許可はとってあるのだから、そんな話がきけるか、というのである。上官がわめきだし、闘牛士が慌てるのをみて、蒲助は、許可証をとりに家にむかう。場内が一段と騒々しくなり、上官が発砲。度肝をぬかれたアナウンサーが早く引上げるようにと放送すると、場内はいよいよ騒然となる。やがて人々は闘牛場から外へあふれ出し、憲兵たちもジープに乗り込み去って行く、というものである。

憲兵隊が、闘牛場に「闖入」し、中止を命じたのは、闘牛の歴史を書いた諸種の本に見られるように、「動物虐待」や「暴動」の事前防止のためであった。

「動物虐待」を禁止した布令や布告、あるいは命令に関する文書を探し出すことはできなかったが、あと一つの「集団行動」に関しては、「米国海軍軍政府布告第八号」があった。「一般警察及安全に関する規定」として出された「第八号」の第四条第二項「軍政府士官の集会解散権」をみると「許可証を発給せられたる如何なる集合と雖も我軍政府の士官は如何なる集会、興行、集合及行列に対しても之に中止又は停止を命じ総ての出席者に解散を要求する事を得、此の場合総ての出席者は直ちに其の命令に服従すべき」だとうたわれていた。

憲兵隊が闘牛場に「闖入」し、闘牛の中止、参加者への解散を命じたのは、第八号第四条第二項によっていたわけであり、上官は、それを守ったということであった。蒲助が、いかに許可は得ていると主張しても、それが、聞き入れられることなどなかったのである。

作品は、昔から民衆娯楽として親しまれてきた催事であっても、軍の禁止命令には背くことができなかった、ということをよく示すものとなっていたが、「憲兵闖入事件」は、その中で、よく軍に立ち向かったものがいたということを描いたものとなっていた。そしてそれは、先に発表された「カーニバル闘牛大会」には見られないものであった。前作は、誰ひとりまともに「チビ外人」と応答する沖縄人がいなかった。黙って耐え、やりすごそうとする態度が顕著であったのにたいして、二作目では、真っ向から立ち向かおうとしたのがいたことを書いていたのである。

それは「憲兵」の命令に、「許可証」をたてにしてであったとはいえ、権利を主張することのできる者が、出て来ていたことを示すものであった。敗戦直後では考えられなかったことで、五〇年代末になるまでまたなければならなかったことと関わっての変更であったかと思う。

そしてここが大切な点だと思われるのだが、蒲助は、上官の言葉に、他でもなく「沖縄の言葉」で対抗していた。これほど、生き生きと「沖縄の言葉」が輝いている場はなかった。

「憲兵闖入事件」のその応答に関して、次のような評があった。

闘牛を動物を虐待するものであるという理由でストップさせようと闘牛場に雪崩れ込み、今すぐやめろと「ハリーアップ」をくりかえす憲兵と、主催者のウチナーグチでの応答は、いわくいいがたいが笑いと風刺の味わいがある。緊迫したシチュエーションがちぐはぐな会話によってゆるみ、ずれる。その対話なき対話は、ウチナーアメリカグチの組み合わせの原型的な光景のようにも思える。（「第38章　アメリカ世の言葉」『庶民のつづる沖縄戦後生活史』沖縄タイムス社刊　一九九八年）。

作品は、右の評に見られる通り、「対話なき対話」の妙が際立ったものであった。

又吉は、伝統的な村落行事をとりあげて、異なる二つの物語を書いていた。そしてそれらの作品を、それぞれに五〇年代の物語にしていた。そのことについては、先にも触れたが、又吉は、「カーニバル闘牛大会」について、「『カーニバル闘牛大会』というファイル（作品）は幼少の頃に見たウシモー（闘牛場。今の浦添ショッピングセンターのあたり）と屋富祖の米軍基地の米国独立記念日が結びついたものである」（「想像の浦添」『時空を超えた沖縄』燦葉出版社　二〇一五年）と書いていた。「憲兵闖入事件」も、事件を借りただけで、実年代は問うところではなかったのである。

又吉が、実年代によらず、作品の舞台を五〇年代末に設定したことについて、あと少し付け加えておくとすれば、五〇年代が、作者にとってもっとも手ざわりの強く感じられる時代であったということであろう。そしてそれは、二の系列に鮮明に表れていた。

3

「牛を見ないハーニー」（一九八二年）、「闘牛場のハーニー」（一九八三年）は、五〇年代を背景にした、いわゆる連作である。連作が、五〇年代を舞台にしているのは、「白人兵や黒人兵がこの島に入ってきてまだ十三年にしかならない」（「闘牛場のハーニー」）と記しているところからわかる。そしてそれは、「ちょうど少年が生まれた年」であったこともわかる。

連作は、五〇年代を生きた少年たちの物語といえるものであるが、その一つ「牛を見ないハーニー」は、筋らしい筋のあるものではない。いわゆるコラージュ的な手法になるといっていい作品で、照り付ける日ざし、松の木の枝に坐っている少年たち、クロフォードさんの振る舞い、観客たちのようす、ヨシコについて、対戦意欲を欠いた牛たち、四十数日前の巨牛と小兵の死闘、泣いているヨシコをかばうクリフォードさん、クリフォードさんに食べ物をねだる少年たち、といった場面が、随意に配置され貼り付けられているといったかたちになっていた。

あたかも無作為のようにみえるのだが、それは闘牛場内を満遍なく描き出していく方法になっていた。その方法が浮かびあげたのは三点、一つは、闘牛場内の牛たちの様子、二つには、闘牛場にやってきた外人とそのハーニーの様子、三つには、ギブミーといい食べ物をねだる少年たちの様子である。

その中でも大切だと思われるのが、二つ目の、題名にも見られるハーニーの登場である。闘牛場とハーニーの組み合わせは、普通だと思いつかない。

闘牛の開始はいつも午後一時だ。三時間も前から、少年は松の周りで仲間たちと戯れていた。

十二時過ぎから急に増えた。巨大なクロフォードさんも小柄な痩せたヨシコと手をつないで現れた。ヨシコは化学繊維の黄色いワンピースを着ていた。体にぴったりくっついてはいないが、大きな下着が透けて見える。最近の流行だが、ヨシコには似合わない。特にスカートの部分は腫れ《ママ》あがっているので、頬骨や顎骨がでた顔と二本の細長い腕が目立つ。黒人兵との混血ではないだろうか。

　ハーニーの衣服が「似合わない」ように、ハーニーは、闘牛場にも「似合わない」。ハーニーのヨシコは、「似合わない」服を着て、「似合わない」場所に登場して来る。

ヨシコは勿論「混血」などではない。れっきとした「沖縄人」である。ヨシコについてはさらに、「ヨシコの顔色は病人のような土色にもみえる。一見、三十二、三にみえる。」といったような描写が続く。

　少年の眼に映ったヨシコはそのようにいかにも貧相である。それだけに、少年はまた「クロフォードさんがいろいろなものを買い与えているんだから、もっと太って、もっと顔色が良くなってあたりまえなんだが」と思うのである。

ヨシコは、少年たちが想像する一般的なハーニー像とはあまりにも異なっている。それは、「四十数日前の闘牛試合の時」に示した彼女の態度によく表れていた。

　その対戦は、闘う以前からその結果が分かるほどのもので、予想通り、無惨な結末をむかえる。

ヨシコは、その時「あぬ、ぐなうせー、はじめから、おーらんどーそーたしが（あの小さい牛は初めから戦わんよう、といって)」といって泣いたのである。

それは、ヨシコが、小さい牛に自分を重ねていたに違いないともとれるが、それよりもハーニーの身寄りのなさをよく示すものとなっていた。そして、ヨシコが、弱いものに対してひとなみ以上に感応しやすいやさしいこころの持ち主であることがわかるものとなっていた。

ハーニーにしては貧相だとはいえ、ヨシコが決してすれっからしになんかなってないことがわかるのだが、少年は、ヨシコが、クリフォードさんの膝にのり、厚い胸に顔をうめるといった、そのあとの一連の動作を見て「ヨシコの人情味は、やはりみせかけだ」と思うのである。

少年の反応は複雑である。少年は、なぜヨシコの「人情味」が、クリフォードさんの膝に乗り、顔を埋めたことで、「みせかけ」に見えたのだろうか。少年は、そこに、ハーニーのある種の手管を見たと思ったに違いないともいえるが、悲しみをそのように解消してしまうことに違和感を覚えたのである。さらにいえば、占領者の庇護に甘えようとする姿をみたのである。

少年のハーニーに対するアンビバレントな心情は、いうなれば、一般のハーニーに対する反応でもあったといえる。そのようなアンビバレントな心情をあらわすのに適切な方法として選ばれたのが、筋らしい筋のないコラージュ的な方法であったように思う。

一方「牛を見ないハーニー」は、それと異なっていた。それは筋のしっかりした小説というだけでなく、まっ正面からハーニーに焦点をあてた作品になっていた。

作品は、二人の少年が、闘牛場にハーニーを連れてきたクロフォードさんから、何かもらってくることが出来るどうかで口論になり、出来るといって出かけた少年が、なにももらえず戻ってきた、といったたったそれだけの筋になるものである。筋は単純だが、そこには、ハーニーが世間からどう見られていたか、少年二人の眼を通してしっかり描き出されていた。

クロフォードさんから何ももらえなかった「光雄」少年の、ハーニーに対する減らず口や少年の母や祖母のハーニーに対する評言は、ことごとくハーニーを貶めるものであるが、ハーニーに「秀坊」と呼ばれる少年には、納得がいかない。

ハーニーが、常識的すぎるほど常識的であるのは、「秀坊」に、「学校は毎日いっているね」と聞き、「学問は大切だよ」という言葉が語っていたし、ハーニーが、親を見捨てているのでないことは、少年に「ずっと元気かね」とそれとなく母親の近況を尋ねているところに現れていた。

少年二人の対話は、ハーニーに対する批難と擁護といったかたちで続く。「光雄」の批難がましい言い方に「秀坊」は何とか言葉をかえしていく。そして「光雄」が、「お前はハーニーヨシコの加勢してるんだな」というのにたいし「そうだ。加勢しているんだ」と、思う。それは「秀坊」がハーニーと遠縁にあたるということだけによるものではなかった。

少年は八、九歳の頃、ヨシコと遊んだ。ヨシコは中学生だった。溝のような小さい川で鮒をすくった。水の中の土壁の穴に手をつっ込むと必ず感じる鮒の躍動感、水草もろともすくいあげた鮒、鮒を入れた錆びた空き缶。おかっぱ頭のヨシコ。短いしわくちゃのスカートからヨシコのパンツが覗いていた。だぶだぶだった。黄色っぽい土色に汚れていた。目を見開いていた。笑わなかった。頬骨がでた浅黒い顔。黙って懸命に鮒を追っていた。

かつて遊んだなつかしい記憶、その無心で「懸命に鮒」を追いかけていた時間がハーニーにもあったのである。それがなんと遠い時代のものになってしまったのか、それが今では全く信じがたいものになってしまったのはなにゆえか、「牛を見ないハーニー」は、それとなくそのようなことを問うものとなっていたのである。

そしてそれは、まぎれもなく五〇年代後半の沖縄に重なるものとなっていた。「牛を見ないハーニー」の時代設定は、明らかではないが、連作の「闘牛場のハーニー」とほぼ重なるものであることからの推定で、「一九五八年」が想定されていると考えられる。一九五八年といえば、これまで流通していたB円がドルに切り替えられた時で「通貨のドル切替えは、アメリカの沖縄完全領有の意志を政治的に誇示するのみならず、経済的にもそれを裏づける政策であった」といわれ、「ドル切替え以後の沖縄は、一般に〝繁栄〟と〝安定〟のムードをただよわせている」(中野好夫　新崎盛暉『沖縄問題二十年』岩波新書　一九七〇年第八刷)とされた。それはのち「ドル切替えを主軸とする一連の経済政策は、沖縄の経済開発と住民の生活向上をたてまえとしながら、実際には、沖縄経済を完全にドル経済圏にとりこむと同時に、沖縄内部の支配層、いいかえれば米軍支配下の受益者層とでもいうべき層を積極的に育成しつつ、経済的繁栄の幻想によって政治的矛盾をおおいかくそうというものであった」（中野好夫　新崎盛暉『沖縄戦後史』岩波新書　一九七六年）と厳しい指摘がなされていくが、いずれにせよ、沖縄の社会がアメリカに飲み込まれていった時代であった。

ヨシコもそういうなかで、「少女」から「大人」へと大きくかわってしまうのである。「五〇年代」が選ばれたのは、経済的な変動とそれにともなう社会の変化が著しく、それが少年、少女の世界に、端的に現れていたと見たからであろう。

5

又吉の「闘牛小説」の第三の系列ともいえる「島袋君の闘牛」が発表されたのは、一九八二年、「少年の闘牛」が一九八四年である。

「島袋君の闘牛」は、闘う牛の激しさとその決着後の様子、島袋君の牛と彼の過去、島袋君の手綱さばき、そして島袋君と牛との関係に触れながら、島袋君のことではなく、「闘う明瞭な」相手がいる「今の今だけでせいいっぱい」である牛の立派さを知っていくというものである。そこで私は「私の闘いは何か」と問わざるをえなくなるが、私には、闘うものが何一つなく「会社」を往復しているだけであること、叔父が私を闘牛場に連れて来たのは、私が「病気にならないかきにかけて」いるからにちがいないことを知ると同時に、「私も無意識にしろ一つ一つなにもかもに生きがいを探していた」ことに気づく、というものである。

簡単にいうと、「島袋君の闘牛」は、「私」にとって「闘牛」はどういう意味を持つのか、といった「闘牛」を見に行くことの意味を問い質そうとしたものであった。又吉は、そこで「闘牛小説」の締めくくりをしようとしたようにも思える。

そのあと発表された「少年の闘牛」は、闘牛前夜の牛番の話、少年の家に飼われている牛の来歴、闘牛主の家庭生活等が取り上げられていて、いわゆる華やかな闘牛の裏面を描いたものであったといっていい。そしてそこには、あと一つ隠された意図が見える。

少年は、彼の家に離島から牛が運ばれてくる際、フェアバンクスさんの世話になったことを知っていた。そしてその「史上最大、最強の牛」と「フェアバンクスさんと誰が、力が強いか」と考える。「私」は「牛が強い」と思うが、「この牛よりフェアバンクスさんがやさしい」し、「人情味はフェアバンクスさんに勝てない」と思う。だから「マサコねえねえもハーニーになったんだ」と思う。牛を、船で運ぶのにフェアバンクスさんの世話になったといったこと、彼が「いいアメリカ兵だ」ということは話の筋道として必要であったにしても、マサコねえねえが、彼のハーニー（オンリー）になったということは、まったく別な話であったし、特に必要のない、突飛な話といっていいものであった。

又吉が、あえてそのような話の筋に必要のないことを挿入したのは、「第二の系列の作品」である「闘牛場のハーニー」や「牛を見ないハーニー」とのつながりを意図してのことではなかったか、と思う。「闘牛小説」の最後を飾るだけに、落としてはいけないこととして、書き入れたのではなかろうか。

又吉の作品には、あまり筋にこだわらない方法になるのが見られる。というよりも、幾重にも眼前および胸中をよぎっていく光景を、筋の流れに沿うことなくそのままに書き留めていくことで、「闘牛」を前面に出しながら、短編というよりも掌編と言っていいようなわずかな枚数で、時代とかかわりの深い問題や、個人的な問題を随所に点綴していくことができたように思う。

又吉の「闘牛小説」が照らし出した問題のひとつは、沖縄に駐留する米軍人たちのふるまい方であった。そしてあとの一つは、どうすれば「闘牛」のように、当面、向かい合っている対象と必死に闘うことができるかという問題であった。

「闘牛」は、過酷な状況になればなるほど、必死になっていくことを、よく示すものであった。又吉が「闘牛小説」にのめり込むように、数年を過ごしたのは、その必死さに心を奪われたからであろうし、そのような環境に身を置く覚悟をかためたことによるのではなかったかと思える。

譜久村雅捷「阿母島」を読む

――仲宗根将二・戦後宮古文学史論考に添えて

1、宮古島戦後文学史概説―仲宗根将二の仕事

宮古で発刊されている文芸雑誌に、『宮古島文学』がある。二〇〇八年に創刊された雑誌で、その第二号に仲宗根将二は「戦後初期宮古の文芸活動～『文化立島』を目指した若ものたち～」と題した論考を発表している。第三号には仲宗根の論考が見られず、飛んで第四号に「戦後宮古の文芸活動(3)～激動の一九六〇年代をへて～」が掲載されている。第四号の数字(3)は、番号のふり違いではないかと思う。この(3)は、第二号に掲載された論考の続きとして振られた番号だろうが、(2)の数字が見当たらないのである。それからすると、第二号の論考は(1)(2)ということになるかと思う。第五号には「戦後宮古の文芸活動(4)平良好児と『郷土文学』」が掲載されている。

仲宗根の論考は、それで完結している。宮古の戦後文学の動向は、少なくとも『郷土文学』の終刊時までは、これで尽くされているのではないかと思う。

仲宗根の仕事は、宮古の戦後文学史を構築するということだけにとどまらず、多方面にわたっているが、ここでは『宮古島文学』に連載した論考を中心に、彼の仕事を振り返ってみたい。

仲宗根は、一九七九年一一月『郷土文学』第二五号に「戦後初期の文芸活動—本村武史のあゆみをとおして—」と題した論考を発表していた。そして一九八三年からは七月発行『八重干瀬』第三号に「戦後宮古の文芸運動（上）」、第四号（一九八三年一二月）には「戦後宮古の文芸運動について（下）」、一九八四年一一月発行第五号『八重干瀬』に「本村武史の時代小説素描」、一九八八年三月、第八号に「戦後初の雑誌『文化創造』」、一九八八年一二月第九号に「戦後宮古二番目の文芸誌・文芸旬刊」、一九八九年一一月、第一〇号に「民政府主唱で創刊した総合雑誌『宮古文化』」を発表していた。

また、出版物一般についても、一九八五年三月刊行された『平良市史』第六巻資料編4に「出版物に関する資料（解題）」を執筆するといったように、宮古の戦後の表現活動について精力的に調査し、まとめたのがある。

『郷土文学』そして『八重干瀬』といった雑誌からわかるように、一九七〇年代に始まった宮古の戦後文学に関する論考が、一九八〇年代には『八重干瀬』を中心に発表され、二〇一〇年前後になると『宮古島文学』を拠点にして発表しているのである。

仲宗根は、宮古における文芸活動に関する論考の集成を、『宮古島文学』で目指したといっていいし、『宮古島文学』の論考を仲宗根の戦後宮古文学研究の総決算とみなすこともできるのではないかと思う。

それは、『宮古島文学』の各号に発表した論考の「付記」を見てもわかる。例えば第二号に発表した論考の「付記」には「本稿は二〇〇七年四月六日～七月六日までの十回『宮古毎日新聞』文化欄に掲載したものである」とある。四号の「付記」では「本稿は、宮古文学同人の要請で『八重干瀬』第三号（一九八三・七）、第四号（一九八三・一二）の上・下二回にわたって『戦後宮古の文芸運動』と題して発表したものである」と書いていた。同じく、第五号では「はじめに」で「本稿は好児主宰の『郷土文学』について、その節目ごとに請われるままに執筆した小論の集成である」と書いていた。

仲宗根の宮古の文芸雑誌研究といってもいいかと思うが、それが、いつ頃から始まったのか、その細かいいきさつについては、これからの調査をまたないといけないが、そのような仲宗根の地道な作業がなされていたことで、宮古の戦後文学の歩みが、よくわかるようになっているのである。

もちろん、宮古の戦後文学について論じたのは、仲宗根だけでなく、他にもいないわけではない。例えば、「『八重干瀬』と「文化活動」」（『郷土文学』第47号、一九八五年五月）、「高揚期を迎える文学風土」（『新沖縄文学』61号、一九八四年九月）、「文学主体をどこにおくか」（『八重干瀬』第10号、一九八九年一一月）や「出版物に関する資料」で「雑誌」の部を担当、二〇一四年には「宮古　文芸活動に見られる五つの〝波〟」（『琉球・島之宝』創刊号）を報告している宮川耕次、「戦後の文化活動と現状」（『新沖縄文学』61号、一九八四年九月）の論考がある砂川幸夫といった人たちがいた。

宮川耕次は、彼が活動した『八重干瀬』（一九八四年一一月）第三号で「特集・戦後宮古文学の歩み」を企画、伊志嶺亮、友利恵勇、砂川玄徳の三人が出席、司会を編集部が担当し、座談会を行っていた。座談会は、宮古で戦後刊行された文芸雑誌の歩みと個々の雑誌によって活動した人々について取り上げていた。それによると、終戦直後から一九四八、九年にかけて「宮古の第一次文芸復興期みたいなもの」（伊志嶺）があったということや、一九五六年ごろには「宮古文壇でも双璧だと言われていた松原清吉さんと松下仁（吉村玄徳）さん」がいたといったことなどが話し合われていた。また創刊号では「宮古の文学を考える〜文学不毛を乗りこえて〜」を特集していた。

特集や座談会は、宮古の戦後文学史を充実させていく大切な資料であり、それらを仲宗根の仕事に重ねていくことで、宮古の戦後文学の歩みがさらに膨らみのあるものとなっていくに違いない。

ここで再度、仲宗根の論考によりながら、敗戦後から一九九一年までの、宮古の戦後文学の歩みをまとめていくと、だいたい次のように、三期にわけてみることができるのではないかと思う。

第一期は、敗戦後から一九五〇年前後ごろまでである。

『文化創造』『文芸旬刊』『宮古文化』『文芸』さらには『防犯』『学生』『郷土研究』などの雑誌が刊行された時期である。伊志嶺が「宮古の第一次文芸復興期みたいなもの」（伊志嶺「座談会」『八重干瀬』三号）であると指摘していた時期で、「戦後における文芸活動は、沖縄本島や八重山より比較的はやかった」ともいわれているが、「しかし、この時期の文芸誌や団体機関誌、新聞は短いもので数ケ月、長いものでせいぜい三年そこらであらかた停刊、もしくは廃刊している」（仲宗根）といったような状態であった。

この時期活躍した人々の名前を各ジャンルから一人ずつあげるとすればとして、仲宗根は「小説では本村武史、詩では克山滋、短歌では石原昌秀、俳句では国仲穂水、評論では平良好児らがあげられよう」と書いていた。

仲宗根は、「戦後初期宮古の文芸活動」という場合の「戦後初期とは、一応一九四五年八月の敗戦から、五二年三月『琉球政府』発足前夜までを想定している」といい、その時期を第一期としているが、『文芸』の創刊即停刊「以後宮古での文芸活動は一定の停滞期に入る」(『八重干瀬』三号)、――のち「一定の沈滞期に入った」(『宮古島文学』)――と「停滞期」を「沈滞期」にいいなおしていた。いずれにせよ、『文芸』が「停刊」したあとは、一時、文学の空白期がみられたと述べている。

第二期は、『あざみ』の創刊された一九五八年ごろから一九六六年『群』の活動停止までの時期である。

『群』の活動が終息した一九六六年から、一九七三年一〇月『郷土文学』が創刊されるまでの七年あまりの期間、再度、文学活動の停滞期に入ったといわれている。仲宗根は、一九六六年から「一九七三年十月『郷土文学』創刊までの七年有半を、宮古における何期目かの空白期間とみる向きもある」が、俳句界や短歌界さらには「エッセイと随筆」界に関していえば、そうともいえない、としていた。

第二期の出発を告げた『あざみ』の創刊号を飾ったのは砂川玄徳、大宜見修平、本村武史、松下仁たちである。創刊号は百部、「広告主と読んでくれそうな方々にすべて配布、また那覇に出たおり「当時早くも、沖縄文学をリードしていた大城立裕、池田和(故人)らをたずねて、批評を乞

という。

しかし『あざみ』は、「苦労のわりには記憶に残るほどの評価はうけなかった」という」たりしたという。

五七年には沖縄タイムス社の初代専任宮古支局長として赴任してきた川満信一から「手書きの詩集でもだそうかという声が」出て、出来上がったのが『カオス』であった。「創刊号」と銘打ったということは、当然のことながら二号、三号と続刊を想定していたに違いないが、「明けて一九五九（昭和三十四）年三月、川満大兄がコザ支局に転勤したこともあって、自然と停刊してしまった」（仲宗根将二「詩集「カオス」への回想『琉球・島之宝』二〇一四」）という。

一九六一年には『あざみ』を改題し『宮古文学』通巻第三号として発刊。しかし三号雑誌で終わってしまう。

一九六五年『群』創刊。「創刊号は宮古では久しぶりの文芸誌とあってか、好評であった」という。いくつもの雑誌がとりあげてくれたなかで『人民』（２０４号、一九六六年一月）は「この同人誌は宮古の農民闘争に取材した抑圧された島の人びとの歴史をテーマにした創作、小説、ルポルタージュ、戯曲などでうめられ、これまでのびなやんでいた文学創作活動の突破口をきりひらくものと期待されています」といった好意的な評を出していたと紹介している。

しかしその『群』も、翌六六年第二号を出したあと活動停止。文芸活動はまたもや「空白」期を迎えることになる。

第三期は、一九七三年一〇月『郷土文学』の創刊から一九九六年終刊を迎えるまでの期間である。

この期間の宮古の文芸活動は『郷土文学』と『八重干瀬』に代表されて展開していくことになる。

『郷土文学』は、第21号で「五周年目を迎えた郷土文学＝土着の叙情の開花目指す」として活躍中の表現者たちからの祝福の言葉を掲載、第40号では「郷土文学十周年」、50号では「郷土文学五十号に寄せて」、第60号では「郷土文学60号の軌跡」、第80号では「郷土文学第80号に寄せて」、第90号では「90号に寄せて」といったように、節目ごとに小特集をしていた。

三号雑誌といういいかたがなされるように、地方で刊行される同人雑誌は、創刊されてはすぐに消えてしまうのが常態だとされているなかで、『郷土文学』は異例の号数を重ねてきた同人雑誌であった。砂川玄徳は「90号によせて」で、雑誌を主宰している平良好児の人柄にふれ、「他人を感動させる」人であると書いていた。雑誌を持続する平良の志は、砂川ならずとも感動的であるといえるが、『あざみ』『カオス』『群』『八重干瀬』と、四つの同人誌に関わりながら、いずれも三号誌の憂き目を味わってきた」砂川には、とりわけそうだったといっていいだろう。

平良好児は、『郷土文学』の主宰者としてだけでなく、仲宗根がいうように「戦後宮古の文芸活動を語る上で欠かすことのできない」一人であった。『文化創造』を生み出し、『郷土文学』の灯をともし続けて、「この戦後三十八年の長きにわたる過程で何らかの影響を受けなかった人はいないといってもよいだろう」と仲宗根はいう。そしてその影響力の強さについて触れ、「宮国泰誠、池村泉城、大山春明、下地明増の世代から、伊志嶺亮や真栄城功、友利恵勇、友利敏子、友利昭子の世代、さらに新しくは一九八二年七月誕生した『八重干瀬』に拠って歩みだした宮古文芸同人の宮川耕次らにしても同様である」といい、さらに「一九五八年『あざみ』以来の砂川玄徳、一八七七年個人誌『宮古散文学　土くれ』を刊行した小禄恵良もいる」というように、戦後宮古で文芸活動を担った者で、平良の影響を受けなかった者はいなかったと回想していた。

仲宗根は、戦後宮古の文学活動を締めくくるにあたって、宮古の文学活動は「このさき『郷土文学』と『八重干瀬』に代表されて展開していくであろう」と述べていた。その『八重干瀬』が終刊したのが一九九一年五月、『郷土文学』の終刊したのが一九九六年二月である。

『郷土文学』以後、どのような同人雑誌が刊行されてきたのか明らかではないが、一つだけ言えることは、二〇〇八年七月『宮古島文学』が創刊されたことで、宮古の文芸活動が、再び燃え上がったのではないかと思われる。

幾度かの高揚期そして停滞期をへて、少なくとも四期目の活動期にあたるといっていい現在、注目すべき表現者たちが、宮古はいうにおよばず、沖縄の表現活動を大きく動かしているのは確かである。

宮古の戦後文学の第四期目、『郷土文学』終刊後の活動については、仲宗根将二の仕事を引き継ぐかたちになるであろうが、仲宗根の文学史の仕事は、それぞれの時代をともに歩いてきたという実感的できわめて思い入れの強い、そして、細かいところまで丁寧に拾ってなされたものであった。それだけに、仲宗根の仕事を引き継ぐのは簡単なことではないはずである。

仲宗根の宮古の戦後文学史について、もし、付け加えるべきものがあるとすれば、次の二点ということになるであろう。

一つには、仲宗根があげていたそれぞれの同人誌に掲載されていた作品についての研究であり、あと一つには、仲宗根もそのことについてはつとに気づいていて、「戦後三十余年、宮古にも少なくない文人墨客がおとずれている。また宮古出身で、宮古外で小説、評論、とりわけ詩歌の分野で精力的に創作活動をつづけている人は多い。これらの人びとの動向が宮古にとって無関係であろうはずはないのに、本稿ではまったくふれることができなかった。片手落ちのそしりは免れまい。他日を期したい」（「戦後宮古の文芸活動〜激動の一九六〇年代をへて〜」『宮古文学』第4号）と書いていた点についてである。

宮古を訪れた「文人墨客」をはじめ宮古外で活動していた表現者たちに関して、仲宗根は気になりながら扱っていなかったのである。

本稿は、仲宗根が気にしていながら触れてなかった宮古を離れて活躍した宮古出身の作家のひとりを取り上げてその作品を読んでいくことにする。仲宗根のいう通り、宮古出身で、宮古を離れて活躍している表現者は少なくないし、「とりわけ詩歌の分野で精力的に創作活動をつづけている人」が多いのだが、ここでは宮古の文学の特質のよく出ていると思われる小説をそれも一編だけとりあげて、仲宗根将二の宮古戦後文学史の仕事にほんの少し色どりを添えてみたい。

2　譜久村雅捷の「阿母島」

宮古外で活躍した宮古出身の作家のひとりに、『譜久村雅捷創作集　阿母島《あんなじま》』の著者譜久村雅捷がいる。

譜久村は、一九七六（昭和五一）年、逝去。一九七八（昭和五三）年七月、「恩師、先輩、知友、同期生、奥さんの協力を得て」（垣花豊順「雅捷兄への最後の送り物」）『遺稿集』が刊行されているが、それに、一九六八年から一九七五年の間に書かれた作品八編が収められている。八編はいずれも、宮古の離島多良間島と関わりのあるものだが、そのなかでも、『遺稿集』の題名ともなった「阿母島」は、多良間島の近代史と関わりのある出来事を扱ったものとなっていた。

作品は、実際にあった出来事を踏まえていた。譜久村の作品の持つ魅力の一つは、多良間島の歴史が映し出されているといった点にあるが、作品は、もちろん、史実そのままであるというわけではなかった。史実は、作品の制作動機をなしているにすぎない。

「阿母島」は、一九六八年八月『新沖縄文学』第10号に掲載された作品である。内容は、一言でいえば、小学校の新築をめぐる物語で、「明治二十九年二月」の小学校校長の着任から「明治三十一年一月十九日」の小学校校舎落成式までの二か年間の出来事を扱ったものである。

「明治二十九年二月のある朝」、多良間村長・佐久田昌章は、上機嫌で登庁する。上機嫌の理由は二つあって、その一つは、「小学校長が着任した」こと、あとの一つは「六か月ぶりに親類や友人の手紙がどっと届いた」といったことにある。

小学校には、これまで校長先生がいなかったのである。「校長が居なくて、管理は村役所に委され」

ていて、村長が学校の運営にあたっていたのだが、十分に手を尽くすことができないので「沖縄県庁にお願いしたところ」その願いがかなったのである。村長が上機嫌になったのも当然というものであった。

上機嫌で登庁した村長を訪ねてきたのは、「酒造りを頼んであった」長嶺爺さんである。村長が、「畑仕事はどうですか」とたずねたところ、今年は下大豆《げだいず》も小麦も順調だが、吉川《ゆすか》の屋真《やま》にはかなわないといい、彼の話になっていく。彼は、お産が近い嫁のカマドが男の子を産まないといって折檻するので、それをなだめるのに、一苦労した、といった話をしたあと、「酒垂《しやきた》り」を見にいかないかと村長をさそい、行った先で味見ということになる。「午前十一時ごろだが、村長と爺さんの二人は座敷に上がって」呑み始めた、というのである。

作品のはじめの部分を、幾分こまかく紹介したのは、ほかでもない。それだけで、島が、簡単に行き来できるようなところではない孤島であること、もめごとと言っても、男の子を産まない妻に夫がやつあたりしているといった程度で、いたってのんびりした島であることが、すぐに分かるようになっているからである。

作者は、もちろん、想像上の島を作り上げることもできる。多良間のようだが多良間ではないといった作者自身の島を作り上げることもできるわけである。しかし、譜久村は、そうはしていなかった。実在する島を扱っているのだが、実在している島を扱うからといって、島をそのまま映しだしていくだけで、小説になるわけでもなかった。そこには、さまざまな工夫がなされていくことになるが、その工夫の一つが、まず村長さんを前景化することであったということである。数か月ぶりに届く手紙、下大豆や小麦といった農作物、男の子を産まないといって妻に不満をぶつける男、そして自家製の酒を造り、目の前にある海でとれたタコの燻製を肴にして、酒盛りを昼前からはじめてしまう、といった村長さんを中心にした描写は、まちがいなく島の雰囲気を盛り上げていくものとなっていた。

作者はそのあと、村長を上機嫌にした校長の着任歓迎会の模様を描いていく。歓迎会は、村長の挨拶で始まる。そして乾杯のあと、校長の着任挨拶になる。校長は、まず、この島に赴任と決まったとき、「島流しされたと落胆した」といい、この島に着いた時にもそう感じた、と話をきりだす。

「島流し」は、多良間に伝えられている伝承と切っても切れないものがあった。『たらま島　孤島の民俗と歴史』（一九七三年五月）によると、「平敷屋朝敏が安謝港で死刑された事件は、史上有名であるが、このとき、長男の朝良は多良間島に、次男は与那国に、三男は水納島に流刑された。三男は幼少でもあったので、多良間島の長男がひきとって養育したが、夭折したといわれている。／朝良はナカット（嵩原家）の嫁をとって一家をたてた」とあり、さらにその子孫及びその関係者が葬られた墓についても触れていた。多良間は流刑地として、よく知られた島であった。

校長の着任挨拶は、島に伝わる古事を思い起こさせる形で始まっていた。そのような歴史に包まれた島であるだけでなく「六か月ぶりに親類や友人の手紙がどっと届いた」といった孤島への赴任は、校長ならずとも、都落ちの感を深くしたに違いないのである。しかし、校長の挨拶は、島流しされたような気持であるといった話だけで、終わっていたのではない。

そのあとで、道路に落ちている鎌を拾った子供が、「その鎌の柄を紐でくくり」木の枝にぶら提げるのを見たこと、年配の農夫が、その鎌を見つけ、おし頂いていたこと、話を聞くと、「昔からの習慣である」といったこと、さらに出会う人ごとに挨拶を交わしているのを見て「一躍、良い島に来たと思う」ようになったといい、「美しい心の方々と共に生活するのは、思っただけでも嬉しいことであります」と、締めくくっていた。

ここまでの概略で、作品の背景をなす島の様子があらかた見えてきたのではないかと思うが、もう少し、作品の展開を追ってみたい。

島では、いろいろなことが起こっていく。それを上げていくと、

⑴歓迎会の翌日、吉川屋真の家で、安産祈願が行われる。

⑵三月になると、小学校の卒業式と終業式が行われる。

その後、

⑶学籍簿の記載の話。

⑷言葉の問題。

⑸島の呼称に関する古事。

(6)上納の話。
(7)小学校の新築に関する集会。
(8)神山の福木を切る話し合い。
(9)サニツ。
(10)子守りの話。
(11)台風の来襲。
(12)密航者の上陸。
(13)校長住宅新築の話。
(14)春雷。
(15)ウプリ。
(16)アサリ。
(17)アダン林。
(18)小学校校舎の完成。
(19)「あだんやーぬあず」大合唱。

といったようになる。

作品は、そのように一九のエピソードをつないで出来上がっていて、そのエピソードが、作品をしっかり支えているといったかたちになっている。そのすべてについて触れることはできないが、例えば、⑷のエピソードなど、多良間を語る場合、落とすことのできないものであった。それは、宮古本島からやってきた村長さんと東京からやってきた校長との間で交わされる多良間の言葉についての場面であるが、彼らの話は、柳田国男が「言語生活の指導」で語っていた「多良間島の一秀才の話」を、思い起こさせるものであった。作者はそのことについて、触れてないが、村長さんや校長以上に、島を出ていかざるを得なかった人々は、言葉で苦労していたのである。

また⑽の小学校二年生で「子守り」役を勤める女の子の話、⑾の「海鳴り」の話などはとりたてて島を誇るような慣習、伝承であるわけではないにしても、作品のリアリティーを高めるものであることはまちがいない。

作品は、島の生活をこまごまと照らし出していく中で、小学校の校舎建築という大切な計画が進行していく様子を描いていく。小学校の校舎建設については、史実に記されているが、しかし作品は、史実そのままを描いていたのではなかった。

多良間尋常小学校は明治二八年度、始めて卒業生を送り出す。『多良間村史』を見ると、卒業生を出したもののその「校舎は茅葺で雨が降れば漏り、台風が来れば屋根が吹き飛ばされるやら吹き倒されるやらで修理の繰り返しとなり、敷地は低いために雨後は水溜まりや泥が多く、不自由極まる状態にあった」ことで、「明治二九（一八九六）年五月赴任した進藤栄訓導はその状態を身をもって知り、職員に諮り、村頭伊良皆春応、村屋下地春敷、美里春仁、学務委員渡久山春知、勧業委員上地玄常、津嘉山春祐、駐在巡査森弥兵衛、その他の有志、二才頭等を交えて協議し、明治三〇（一八九七）年から校舎改築の請願を繰り返し、明治三三（一九〇〇）年から材木伐採工事を起こし、元塩川村番所跡第一番地に校舎建設を開始し、明治三五（一九〇二）年一月九日瓦葺き校舎が落成し、一九日に落成式を兼ね御真影奉戴式を挙行した」（『多良間村史　第一巻通史　島のあゆみ』二〇〇〇年三月）とある。

新校舎の建築が、進藤栄校長の着任後始まったことは、史実その儘である。しかし、その時の村頭は、作品に登場していた佐久田昌章ではなかった。佐久田は一九一三年から一九一六年まで、すなわち大正二年から大正五年まで務めた村長である。実際は伊良皆春応であったのだが、伊良皆ではなく、佐久田昌章になっていて、史実とは異なっていたのである。

なぜ史実を変えたのか、といった問題が、ここにはあった。作者が、史実をまげて、あえて佐久田を登場させたのは何故か。史実を探れば、そのような疑問が出てこざるを得ないことになる。そして、そこに創作の秘密もあった。

作者が、村長を時の村頭伊良皆ではなく、後の佐久田昌章にしたのは、佐久田が「行政の傍ら、青年指導にも力を入れ、二五才以上の青年で、〈感化会〉なるものを発足させたり、青年の士気高揚のため〈多良間村青年歌〉を作って指導したりした。就任以来およそ三年、村の基礎づくりのために懸命につくした」（『村史』前出）といった、村民を、積極的に動かした人物であったことによっていよう。小さな島で、何かを実践していく上でうってつけの人物だったとみたことにあるかと思う。

また、新校舎建築は、先に触れた通り、明治三三年から始まり、明治三五年に落成している。落成式について『琉球教育』（明治三五年五月、第七四号）は、「宮古郡多良間尋常小学校開校式」の見出しで「その景況左の如し」として式の進行、住民の協力等について報じていた。また、明治三四年一二月一一日付『琉球新報』には、「多良間島学事一般（進藤栄）」として、次のような記事が掲載されている。

余が赴任の当時は人民多くは教育の何たるを弁せず世の開明に赴くを知らす専ら守旧の風ありき而して其校舎は明治二十四年平良分校として設立せられたる矮小の茅屋に（阿旦木の柱に薄き萱の屋根）□其後二十六年独立尋常校となりたるも依然旧態を改めず加ふるに敷地は村中の凹所なれば降雨の際は校の内外雨水の為め浸さるゝこと二三尺にも上ることあり剰さへ暴風吹けば全棟倒るゝこと屡々なるより島民の之か改築修繕に苦心すること少なからす年々為めに要するに人夫実に幾千人の多きに上れり身を育英に託するもの誰か斯る有様を座視し得へきや余は於之自ら乏しきをも省みず挺身校舎新築の挙に従はんことを以て期することゝせり

記事はそのあとに「一郡財政の困難なるより急に其機運に至らさりしも」と続けていて、財政面での問題等があって、すぐに新築が始まったのではなかったことがわかるが、進藤校長が、赴任当時から、最悪な教育環境を座視できず「校舎新築の挙に従はん」と決意していたこと、さらには、『琉球教育』（明治三〇年七月三〇日、第一九号）に発表した「修身教育の実験に就きて」のなかで、数え歌の有効性を説くと同時に、「多良間的一小島の卑見のみ」としながら自作を掲げ、その八「公益」で「八ツトヤ　やがて開けむ、宮古島〳〵　いつ迄頑固で、済む者か〳〵」とうたい、村民の啓発を積極的に推し進めていこうとしていたことなどを知れば、あえて史実によることもなかったのである。

新任校長の「育英に託するもの誰か斯る有様を座視し得へきや」という思いを重視すれば、史実は二の次であったといっていい。

明治三五年の出来事を、明治三一年にしたのは、しかし、単に村頭の手腕や校長の意向といった個人的な問題からだけでなく、当時の社会的な動きや教育の変革といったこととも関わっていよう。

明治三一年七月一九日付『琉球新報』は、次のように報じていた。

明治三十年の本県学事の状況を見るに其事項の重要なる者は、初等教育に関しては、新設公立小学校に、両陛下の御真影の複写及教育に関する勅語謄本を拝載せしめ各郡区小学校設置区域を改正して就学児童の通学に便ならしめ且管理周到訓育懇篤を期する為、校舎新築改築の場合に於ては、成るべく一校内における児童数凡そ十学級を越えざらしむることにし、（中略）就

学児童の数、日に月に多を加へ、校舎に狭隘を告げ本年中新築或は改築、増築せしもの十二校、
分教場を設置したるもの六個なり。

明治三〇年には、そのように、校舎の新築、改築、増築が多くみられるようになっていたこと、また、同年三月二九日公布され四月一日に実施された「沖縄県間切島吏員規程」、翌三一年一二月二〇日公布された「沖縄県間切島制」による地方自治制度の改革により「間切島はその決議機関たる間切会・島会を持つことになり、従来の予算協議会より一歩前進した自治機関となった」（『沖縄県史　別巻　沖縄近代史辞典』）といったように、社会が大きく動き出していたのである。その動きに合わせるかたちを、作品はとろうとしたのである。

史実と異なるという点では、さらに際立った場面があった。

新校舎の建築が計画され、それに必要な物資が運ばれてきた船に密航者が乗っていて、それが校長の姪であったというようにしたことである。もちろん、これも検討しなければならないことの一つだが、たぶん、史実にに記されてないことである。

作者が少々の破綻を恐れず女性の密航者を思いついたのは、作品に、島の若者たちの友情や恋を織り込みたいという思いがあってのことだったにちがいないのである。

そしてそれは、ともすれば、よそ者を排斥しがちであるとみられがちな孤島が、決してそうではないということを、示すためでもあったのではないか。

譜久村は「阿母島」を、『日本残酷物語　貧しき人々の群れ』の冒頭にある、水納島について書かれた文章の要約からはじめていた。島の故事に、「貧しさゆえに、船の遭難を願い、難破すれば積荷を略奪して生活の糧にしたという、悲惨なむかし話」があり、島の東部にはその「祈願所跡があって、外来者に見せるのはタブーである」と聞いているが、そこから一〇キロほど離れたところにあるのが「阿母島」だ、としていた。

譜久村が「阿母島」を、水納島に関わる話から始めていたのは、水納島の人々が、いつのころからか、多良間島を、「お母さん」の意である「あんなしま」と呼ぶようになった、ということにあった。多良間は、水納島からすると確かに母島を意味する「阿母島」であったに違いない。しかし、「阿母島」も、水納島の古事に見られるほどではなかったにしても、貧しかったことに変わりはなかったであろう。作品を『日本残酷物語　貧しき人々の群れ』の水納島に関する要約から始めたのも、そう思ったに違いないからであり、「貧しさゆえ」の物語には、島は事欠かなかったはずである。

しかし、「阿母島」は、そのような話は一切消され、外来者を快く迎え入れ、協力していく村人たちの活気にみちた話にしていた。

その一つひとつが、先に挙げたエピソードには見られるが、最も活気に満ちた一駒が、校舎新築に関する話し合いの場面である。村の有志が集まった場で、渡久山長老が「村長さん、校長先生、はじめに云うのじゃが、わしらは県庁の力を借りんことにきめましたよ」という。この発言こそ、島が元気であることをよく示すものであった。そしてそこに、作者が、この作品に込めた意図もあったといっていいだろうし、あえて史実をまげた理由も読み取ることができよう。

渡久山長老の言葉は、「佐久田村長と進藤校長の考えを根底からくつがえすものであった」と作者は書いていた。村民の指導に積極的だった村長も教育環境の改革に身を投じた校長も、県庁を頼みにしていた。彼らの交渉は実を結んだといっていいが、それは、渡久山長老たち、村の有志の意にかなうものではなかった。渡久山長老は、県庁の力は借りないといったあと「だいたい二千五百円の金を使うて、松材じゃと、カヤ葺きじゃと、それに土間とは何じゃ。あまりに多良間を馬鹿にしとる。そんな死金を使う連中の助けは借らんでもよい。とまあ、こういうことになりましたのじゃ。だけど、心配せんでええ、学校は建てにゃならん。わしらの方でやることに決めましたわ」というのである。

そして、村民の協力で、校舎は立派に建てられ、落成式を迎え、落成を祝う歌が歌われ、作品は大団円を迎える。

大切なのは、渡久山長老の言葉が、新校舎建設をめぐる話にとどまらないということである。それは、現在の状況を切り開くための言葉にもなっているということである。何かをしようとするとき、すぐに政府に泣きつく。そんなことはやめろ、と。要求通りにいかないのなら自らたちあがるしかないと考えた、渡久山長老たち村民の決断を見ろ、といっているように思われるのである。

進藤校長と佐久田村長に出来たのは、「県庁」を動かして、「許可」をもらうことだった。そして与えられた「金」で、事を行うというところまでであった。しかし、村民は、それでよしとしなくなっていたのである。進藤校長、佐久田村長によって動き出した校舎新築計画は、やがて彼らの思いをはるかにこえて、村民を団結させていたのである。

小さい島でも、力を合わせれば出来ないことはない。ここに譜久村は、力点をおいていたといっていい。譜久村は「阿母島」だけでなく、「阿母島」に収めた作品の全部を、多良間と関わるかたちで書いているのだが、小さな島に彼が固執したのは、小さな島こそ、人間のありよう、生き方を鮮明に映し出すことができると、考えていたからであろう。史実にあることを、史実通りにではなく描いていく自在さが、譜久村雅捷の「阿母島」の魅力であると同時に、それができたところに、島の文学の魅力もあった。

最後に、一つだけ、補足しておきたいことがある。

「阿母島」は、すぐにわかる通り、実在の島「多良間島」を下敷きにして書かれていた。それは、先に示した(19)のエピソードからも明らかであるが、「多良間島」ということになれば、書き落とせないと思われるものがあった。島に伝わる「八月踊り」である。

「八月踊り」と言えば、永積安明の『沖縄離島』がある。永積はそこで、「毎年旧八月になると、二つの字の幹事が集って、祭りの日どりをきめ練習が始められる」ことから、第一日目の儀式、第二日目の儀式、三日目の「わかれのひ」の最終日まで、「予行演習の日をあわせて四日間にわたる豊年祭」の仕来りを述べ、舞台で演じられていく演目、および、演目の来歴に及んでいくが、その前に「予行演習の日をあわせて連日四日間、島をあげての祭典が終りを告げるとき、旧八月の月が福木の葉の密生した繁みの間を洩れて踊り場に注ぎ、神々は村びとの奉納をよみし、豊年は感謝され予祝される。こうして、村中の老若男女をあげての交歓・祭典は、めでたくその幕をとじるのである」と、書いていた。

多良間島にとって、「八月踊り」は、まさに島の「祭典」であるといっていいものであるが、「阿母島」は、そのことについて、触れることをしてないのである。

何故か。「八月踊り」を取り入れるということになると、他の一九のエピソードと同じというわけにはいかなくなる。島を二分して行われる島最大の「祭典」である「八月踊り」を、加えるということになると、主題の拡散といった問題が起こらざるを得なくなる。校舎建設という住民の総意になる活動がかすんでしまわざるを得ないということになるのである。その結果として、「八月踊り」は、見送られたのではないか。そしてそれはまた、「阿母島」が、「多良間島」の習俗を書こうとしたのではない、ということでもあった。

理想の孤島とでもいっていい物語、それを目指したのが「阿母島」であったのである。

チビチリガマからの出発
——下嶋哲朗の仕事

下嶋哲朗が八重山に居を移したのは一九七六年。「島の古老の生活誌、史を新しい民話の誕生ととらえて聞き書きして、それを絵本にする」(『想い続ける—下嶋哲朗の八重山　絵とエッセー集』南山舎　二〇一四年)ためであった。下嶋は、そこで「みそやのばあちゃん」に出会い、彼女を主人公にした『ヨーンの道』を書きあげる。『想い続ける』は、その「みそやのばあちゃん」の話をはじめ、下嶋の八重山での生活を記録したものだが、そこに、その後、下嶋が取り組むことになる出会いについて書いた一項「開拓者」があった。

下嶋は、絵本にするための話を聞き歩いていくなかで、米軍に土地を奪われ、読谷から移住してきた開拓民の一人を知る。入植後、夫をマラリアで亡くした与儀良《ヨシ》である。ヨシから、故郷の読谷が米軍の上陸地点になったこと、「浜の近くにチビチリガマという自然壕があり、そこで敵上陸時に村人が集団自決した」といった話を聞く。下嶋は、「集団自決した」と、ヨシが語ったチビチリガマについて詳しく知りたいと思い、「もっと聞かせてください」とくいさがるのだが、「それはうちの口からは話せませんよ。うちは体験者でもないのに」と体よくことわられてしまう。ヨシは、そのかわりにといい、体験者のひとり当山ウトを紹介する(『白地も赤く百円ライター　知花昌一　新

非国民事情』（以下『白地』と略記、社会評論社　一九八九年）。

ウトは、ヨシと同じく読谷村波平から一年遅れで野底に入植した一人であった。しかし、将来に希望を見いだせず「開拓に見切りをつけ、もとの読谷村に引き上げて」いた。

以下『南風の吹く日　沖縄読谷村集団自決』（以下『南風』と略記、童心社）及び『白地』を下敷きにしていくが、下嶋が、当山ウトと会ったのは一九七八年一〇月一九日。当初、面会を申し込んでも、受け入れてもらえなかった。ヨシの尽力があって、なんとか会うことは出来たが、ウトは「お茶グヮーを飲んで帰って下さい」といい、早く引き上げさせようとする。下嶋は、話を聞くまで帰れないと意を決し座り込んでいると、次々と飲物を出してきて、「早く飲んで帰ってください」とせかす。下嶋が、飲物にいっさい手をつけず、じっとしていると、ウトは根負けして、「チビチリガマの惨」をやっと話し出したのだが、「用心深く、決してチビチリ・ガマの関係者の名前を口外しなかった」のである。

下嶋は、ウトには会えたものの、他には知り合いも、コネもなく「調査をしようにも手のつけようがなく」悶々としていた。あきらめかけていると、一九八三年三月、読谷村の教育委員会から、「絵本の原画展」を開催したいとの申し込みが舞い込む。下嶋は、「五年間も思いつづけてきた、チビチリガマの調査」ができるのかもしれないと思い、読谷に向かう。そして、読谷での「個展の会期中」、ガマの調査を訴えつづけていく。

下嶋は、数名の賛同者とともに、ガマに行く。一行は、入り口を見つけ、奥へ進んでいく。遺品が点在していて、言葉を失う。壕の中を流れる汚水に行く手をはばまれるが、「二度とチビチリガマへ入る機会は、ないかもしれない」と思い、前進する。川は意外と深く、予期しないことが起こったりするが、いける所まで行く。そして、明かりを消し黙禱する。闇に耐えられなくなって電灯をつけ、「わずかな遺品を持って」ガマを出る。ガマを出た時は夜になっていて、「大空には無数の星が」きらめいていて、下嶋は、その美しさに感嘆する。

下嶋は、その時のことを、『白地』にも書いていて、「三十八年間ものタブーを破り、沈黙の重い扉を開けたのだ！　ぼくたちは深い感動にとらわれたのだった。だが何ということか、このガマはチビチリ・ガマではなかった！」といい、次のように続けていた。

ガマをまちがえた理由はいろいろ考えられる。道を尋ねた老人がでたらめを教えたということがまず第一だ。なぜでたらめを教えたのか。「チビチリ・ガマへ近づくことは許さない」ということだとみなの意見が一致した。

何よりも同行の若者たちは、チビチリ・ガマでの集団自決どころかその名前を聞くのも今回が初めてであった。もちろん所在も知るはずもない。チビチリ・ガマは徹底的に抹殺されていた。沈黙の重さをつくづく実感させる出来事だった。

『南風』には、そのような記述はない。『南風』では、二度目に訪れた際、入口を間違えていたことを知った、と書いていた。(「チビチリガマへもぐる(第二次)」)。

『南風』が刊行されたのは一九八四年七月、『白地』が刊行されたのは、一九八九年五月。『白地』になって入った壕がチビチリガマではなかったとしているのである。

『白地』が『南風』のあとに刊行されていることからして、『白地』にある「チビチリガマではなかった」という箇所は、大きな改変だということになる。その改変は、調査結果を簡便にまとめるためであったといえないこともないが、『南風』以後、繰り返し取り上げていくことになる「チビチリガマ」を印象付けるためであったにちがいない。チビチリガマを探し当てるのは、それほど簡単なことではなかった、ということを示すためである。

ガマに入った若者たちから、聞き取り調査を始めようという声が起こる。下嶋は、東京にもどり、彼らから調査が始まったという報告を待つことにするが、いっこうに連絡がない。そこで、ふたたび、読谷にむかう。一九八三年七月のことである。

一九八三年七月二八日付け『琉球新報』は、「アシャギ」欄に、「集団自決者の肖像画描く」の見出しで、「チビチリガマの集団自決者の肖像画を描きたい」と「ヨーンの道」でおなじみの絵本作家の下嶋哲朗さん=写真=が、この夏一カ月余り読谷村内に住んで制作をする。すでに同村内に借家をして、その取材にはいっている」として、次のような紹介記事を出していた。

下嶋さんは、「これはぼくの沖縄の戦没者の名簿をつくろうという提案の第一歩となるものです」

と意気込んでいる。この春、絵本原画展を読谷で開いたとき、八十二人の集団自決のあったチビチリガマを案内され、この肖像画を思いたった。もちろん写真などないから、遺族関係者などからの聞きとりでイメージをつくり、それを描いていく、という手法である。

『南風』と新聞記事との間には、多少違いが見られる。例えば、「八十二人の集団自決のあったチビチリガマを案内され」といった点や、「チビチリガマを案内され、この肖像画を思いたった」といった箇所がそうだが、下嶋が、読谷に家を借り、チビチリガマについての聞き取りをおこなう計画をしているといった点については、そのとおりである。下嶋のその計画は、しかし、思っていた通りには進んでいかなかった。

『生き残る　沖縄・チビチリガマの戦争』（以後『生き残る』と略記、一九九一年　晶文社）によると、「〝集団自決〟の事実を調査し、記録するため」読谷村内に家を借り、人々に「チビチリガマを知っていますか」と尋ねまわるが、「知っている」と答える者はいないばかりか、逆に「チビチリガマって、何かあ!!」と聞き返される始末であった。下嶋じたいが、「チビチリガマは本当にあるのか?」と思うようにもなる。

長い間探しても「チビチリガマ」は発見できず、東京に戻ろうと下嶋が荷造りしているところへ、「見知らぬおばさん」が訪ねてくる。そして、夫からだといい、一枚の紙をわたす。そこには、六名の名前が書かれていた。下嶋は、それが何を意味するものかたちどころに理解する。下嶋は「七年と一カ月もの長い間、くずすことができなかった村人たちの沈黙。タブーという厚い壁。東京へ帰るというこの日、そこへ風穴があいたのだ」と思う。

下嶋は、一枚の紙を持って来たおばさん・ヨシに教えられ、やっとチビチリガマの所在地がわかる。なんとそこは、下嶋が借りている家から「車でわずか五、六分という近い所」にあった。ガマは谷底にあって「人の侵入を拒絶する、荒々しい自然に支配されて」いた。「降りるのをあきらめざるを得なかった」が、とにもかくにも「探し回ったチビチリガマの入口へ」たどりついたのである。

『生き残る』では、そのように書いていて、『南風』の記述とは異なるものになっている。そして『南風』と『生き残る』とを読み合わせれば、『白地』の記述が、大きく改変された要因も見えてくるが、いずれにせよ、チビチリガマが、浮上してきたのは、下嶋の努力があったことによる。チビチリガマは、下嶋の努力なくしては、埋もれたままになってしまっていたかもしれないのである。下嶋は、『南風』で次のように述べていた。

自決のあった波平の字誌『波平の歩み』(一九六九年、波平公民館)ですら、「戦争と慰霊」という二十五ページにおよぶ章を設けているにもかかわらず、自決のことについては、一切ふれていない。ただし、ガマ内部の写真が一枚あって、それには次のような説明文がつけてある。

〈米軍上陸と聞くや、もうこれまでの命とあきらめ、窟口に松の葉やフトンをつみ、それに石油を

かけて燃やし、親子抱き合って、窒息死をとげた悲惨の地。〉

下嶋が指摘している通り、『波平の歩み』は「自決のことについては、一切ふれて」いない。「ただし」として、下嶋は、「ガマ内部の写真が一枚あって」と書いているが、正確にいうと写真は「ガマ内部」ではなく、「ガマ入口」であろう。また下嶋は触れてないが、写真のうえに、「波平区民　第二次世界大戦避難之地」と書いた用紙が添えられている。下嶋はまた「この谷は三八年という長い間、人から忘れられていた」(『生き残る』)とも書いているが『波平の歩み』に掲載された写真から分かる通り、チビチリガマで起こった出来事については、早くから、知られていたといっていい。しかしそれは「悲惨な地」ということだけで、その実態については知られてなかった。そのことでいえば、下嶋の言う通り「私の行った調査を通し、遺族や体験者たちは、三八年目に沈黙の扉を開いた」のである。下嶋の努力がなければ、「沈黙の扉」は開かなかった。

波平の人々は、チビチリガマについて、なぜ、口を閉ざすようになったのだろうか。八重山で、読谷からの移住者である与儀良、そして与儀の紹介したチビチリガマの生き残り当山ウトに会って以来の、下嶋の疑問である。

下嶋が、『南風』以来、『白地』『生き残る』『沖縄・チビチリガマの〝集団自決〟』(一九九二年岩波書店)そして『非業の死　集団自決サイパンから満州へ』(二〇一二年　岩波書店)とチビチリガマについて書き継いでいったのは、その何故かを明らかにしていくためであったといっていい。

読谷での調査が始まると、下嶋を訪ねて来たものがいた。比嘉平信である。比嘉は、手伝わせて欲しいという。彼は、沖縄戦当時東南アジア方面にいて、親戚四家族一五名の者たちが死んだが「誰もその詳細を語らない」ので何も分からないということであった。

調査によって、チビチリガマに避難したのが「三十一世帯、百三十九名。うち二十一世帯、八十二名が死んだ」こと、世帯の内訳を見ると「知花姓七世帯、比嘉姓四世帯、大城姓三世帯、天久姓二世帯」といった「親戚集団」で、同集団を中心に、他の五世帯も「ユイマールの構成員」たちであったことが分かってくる。

チビチリガマには、そのように「非常に親しい関係にあるもの同士が一団となり避難」していたこと、さらには、比嘉の従妹の娘が「自決への引き金の役割を、積極的に果たした」といったことなどが明らかになってくる。

下嶋は、「こうしたいきさつから、比嘉さんにチビチリ・ガマの顚末を話すことは、取りも直さず親戚間の殺し合いをはなすことになる。このような役を引き受けることは容易ではない、たがいに傷つけ合うことになる。できることではなかった。」と書いていた。

チビチリガマについて、誰もが口を閉ざしていくのは、そのように、「親戚間の殺し合い」がなされていたこと、それを話せば「たがいに傷つけ合う」ことになるといった暗黙の了解があったからにほかならない。下嶋は、「これこそが〝集団自決〟という悲劇を人目から覆い、タブー化させる大きな原因」(『沖縄・チビチリガマの〝集団自決〟』)であったと指摘していた。

沈黙は、「親戚同士」及び「ユイマールのチーム」といった「密度の高いコミュニティー」になっていたことと関係していたが、では、その「密度の高いコミュニティー」を死に向かわせたのは何か、比嘉の従妹の娘のように、自決を積極的に説いていくのが出てきたのはなぜかと、下嶋は問いを深めていく。

チビチリガマの話は、あと一つのシムクガマの存在によって際立っていく。同じような状況のなかで、一方は「死」、一方は「生」という全く逆の形が見られたからである。下嶋は、『生き残る』で、「チビチリガマとシムクガマ」の章をもうけ、両者の違いを見ていく。そこで明らかになったのは、「竹ヤリで戦え」といった「十九歳の少女、春」や「天皇陛下の赤子たるものが、うろたえるのではない！」と一喝した「看護婦のユキ」の存在、そして「自決するべきだ」という二人の「元日本兵」がチビチリガマにはいたこと、一方、シムクガマには「ハワイに移民したことで、英語が話せる」男がいたこと、「外のアメリカ軍と話し、村人は救出され、生命の安全は保障されることを確かめる」ことの出来たのがいたといった違いである。

下嶋はそこからさらに、「十九歳の少女、春」や「看護婦のユキ」、さらには「元日本兵」が、なぜそのようなことをしたのか追究していくなかで、教育やマスコミ、退役軍人の問題、とりわけ教育における「皇民化」の問題について、「大和人＝本土人は生まれたときから皇民(天皇の民)だった。だが沖縄人はそうではないので（独立王国の民だったので）皇民に化する、というのである。そして皇民とは君国のために『殺し』『死ぬ』ことであった。それを果たすことで沖縄人も『立派な日本人』

であることを証明」できるといった教育が、彼女らや彼らの背景にあったことを明らかにしていく。チビチリガマで起こった惨劇が、長い間、語られないままになっていたこと、その前に、生き延びるために避難したにもかかわらず、死を選ぶ結果になったしまったことについては、体験者の話を聞く中で自ずと分かったことであったといっていいが、下嶋はその上で、次のように説いていく。


チビチリガマの集団自決は、〝国体〟の本義の帰結として選択されたものであった。皇国臣民の取るべきまったく正常な道だったからである。しかし本義そのものが間違っていた。

「死者たちは、明らかに〝国体〟の犠牲者にほかならない。犬死だった」

もうはっきり語るべきではないのか。そのように堂々と語ることだけが、〝犬死ガマ〟チビチリ・ガマを価値あるガマへ転換する。（『白地』）。


これが、チビチリガマの調査を終了し、導き出された下嶋の結論であった。

チビチリガマの集団死が明るみになったあと生じた様々な問題、たとえば右翼団体による像の破壊、国体の開催式典の際起こった日の丸焼却、教科書検定に関わる裁判闘争等が浮上してきたことで、チビチリガマはいよいよ沖縄問題の一つの起点ともいえるものになっていく。下嶋は、チビチリガマを調査したことで、それらの事件を注視していく。「死者たちは、明らかに〝国体〟の犠牲者にほかならない。」というのは、それらと深く関わって来た体験を通して得た結論でもあったといっていい。

沖縄戦は、戦闘が終わったことで終わったのではなく、それは終わりのない問題となって続いていく。下嶋にとっても、チビチリガマは、その調査と、それを纏めて刊行した『南風』や『生き残る』等で終わったわけではなかった。

下嶋は、チビチリガマで起こったことは、沖縄だけに見られるものではなく、日本が侵略していった国々や島々でも起こっていたことを確かめていく。『非業の生者 集団自決サイパンから満州へ』はその成果である。

チビチリガマで起こったことは、「サイパン地上戦を始まりとし、グアム島、テニアン島、フィリピンそして沖縄地上戦を経て満州地上戦に至る、広大な領域にくり返し起きている」として、その調査に乗り出していく。そして下嶋は「(集団)自決は国策としての『一億玉砕』の実践であった。それは日本の特異な世界観、国体護持を論理的に発展させた帰結であった」ことを知る。それだけに、チビチリガマは、「ひとり沖縄だけではなく、〝内地〟を含む日本人全体の問題なのである」とするのである。

そしてあと一つ。サイパンから満州まで、日本の侵略した大陸や島々で起こった「集団自決」についての総括とでもいえるかたちで、下嶋は、次のように述べていた。

集団自決とは軍隊等の「強制」によったとともに、自分によって自分の生死が左右された「内発」の側面をもつ。すなわち「強制」と「内発」という、一見矛盾する二つの面から分析が行われることではじめて、集団自決という凄惨な歴史的命題が解き明かされる。

下嶋は、続けて、「強制」は、「『巨大なカラクリ』機構の主に軍隊から生じる命令であり、『内発』は、個人に内面化した『セットの思想』から生じる、自身に対する命令である」とした。「巨大なカラクリ」とは、「戦争を目差す政官軍経学マスコミ各界の入り込む、魑魅魍魎の構造をさすレトリック」であり、「セットの思想」とは、「様々な政策や教育などを総出し、こねあわせての軽いいのちの国民作りのシステム」であるという。それらは、一言でいえば、「皇国民化」への道を突進させた計略を指した下嶋の造語であるといっていいが、再びそのような「レトリック」や「システム」に取り込まれないためには、チビチリガマの徹底的な究明をおいてほかにはない、としたのである。

下嶋は、八重山の「古老の生活誌、史を新しい民話の誕生ととらえて聞き書きし、それを絵本にする」ためにやってきて、そこで知った「チビチリガマ」に、心を奪われていく。そして調査がはじまり、終了するが、それで終わらず、国外に目を転じていく。

チビチリガマとは何であったか、下嶋の仕事は、それを解明していくことにあった。そしてその調査をとおして、改めて、「沖縄戦と出会いなおす」ことになっただけでなく、日本軍の侵略に伴って起こった惨劇の要因を剔抉することができたのである。

壕をめぐる記憶

沖縄戦を、最もよく語る一場面をあげるとすれば、壕をおいてほかにないのではなかろうか。それは、例えば『沖縄県史9　沖縄戦記録1』の「編集趣旨ならびに凡例」に見られる「日本軍は壕や自然洞窟を拠点に死力を尽くして抗戦」といった日本軍の戦闘態勢と関わる文章、また『那覇市史　那覇の戦時・戦後体験記一　資料編第三巻七』の「那覇市民の戦時・戦後体験記録委員会報告」の中の「体験記の目的と範囲及び要領三、記録の内容、▽沖縄戦」の重要項目に、「壕内の状況」「壕追い出し」とあえて項目を別にして「壕」が取り上げられていることからでもわかるように、壕は、軍・民何れの側の沖縄戦を語る場合においても、欠かすことのできないものであった。

では、壕は、「沖縄戦記録」や「戦時・戦後体験記」の中で、どのように語られてきたか。壕と関わる話は、『那覇市史』の「▽沖縄戦」項目にみられるように「壕内の状況」と「壕追い出し」との二点に大きく分けられる。

A　その千人壕からちょっと離れたところに、壕がありまして、その壕に移りました。そこには民間も友軍もごっちゃになっていましたが、この壕も大きくて何百人も入れるので、ずいぶん大勢の人がいました。友軍より民間の人がずっと多かったんですが、そこで大変なことを見ました。四つか五つになっていたかもしれませんが、男の子がおりました。その子は親がいないといって泣きました。子供は入口にいたんです。壕の上に穴があいていました。それで友軍の兵隊たちが、この子供の泣き声が、こっちから敵に聞こえる。泣き声が聞こえたらわたしたちも大変である。この子をどうするか、親はいないか、といいました。兵隊たちのこえに誰も返事をするものがおりませんでした。それで兵隊たちが中の方に入って行ってやったんです。

B　部落の壕にこの山砲を入れるから、部落民はみんな壕から出ろといわれました。その時は、もう九時頃になっていただろうと思います。それで、今は敵の飛行機が飛んでいるから、晩の五時になって、飛行機が飛ばなくなったらみんな山に連れて行くから、その間は兵隊といっしょに壕の中に入れて置いて下さいと私は願ったんです。そうしたら、それは絶対にいかんといって、とうとうみんな自分たちの壕から追い出されてしまいました。

Aは「壕内の状況」、Bは「壕追い出し」を語ったものである。前者は、子供が泣くと敵に知られるおそれがあるからといって扼殺するのを見たというのである。後者は、「山砲」を入れるから「壕」を出て行けといわれたのに対し、今は時期が悪いから後にして欲しいと懇願するが、拒否され、仕方なく砲弾の中に飛び出していった、というのである。どの場面もその構図は、単純明快である。

日本軍或いは友軍と称される側と避難民或いは民間人と称される側との間に起こった事件という、それである。沖縄戦の特異さは、多分にこの単純明快な「構図」が、ある歴史性を照らし出した点にある。そして、そのきわだったありようをしたのが、「壕追い出し」であったといっていいだろう。

沖縄戦の悲惨さを語るという点ではA、Bのいずれをも取り上げる必要があるであろう。抗戦や避難が、壕に入り、壕を出ていくという形で終わる、言ってみれば「壕の物語」として見ることができると言う点からしてもそうであるが、ここではBに焦点をあてていくことにする。いま、とりあえずその点に関して整理しておく必要があると思われるからである。

テキストとしては、沖縄戦の全県的な記録をめざし、その後の沖縄戦記録の規範ともなった『沖縄県史9、10』、及び『県史』の方法を踏襲するとともに市民から原稿を募った『那覇市史資料編第三巻七、八』の二「史」を用いることにする。

○

軍、民が同一区域に蝟集したことによって、一方は攻撃・防衛のため、一方は避難のための場所を共有しなければならない事態が生じた。そこで起こったのが軍、民の壕をめぐる確執であるが、その最悪のかたちが「壕追い出し」であった。「壕追い出し」は、以下の通り、いくつかの型をとって、語られていく。

一、兵隊さんたち五、六名の靴音がしたんです。それで彼等はこの新しい壕を目がけて、入って来ましてね「出れ」、「すぐ出て行け」、来ると最初から怒鳴りつけて威嚇するんです。「こっちは軍が必要だから早く出て行け」そういうのでわたしはお願いしたわけです。「まあ、せっかく命をしのぐためにずっと中頭の方からこっちへ来て、今日完成して今入ったばかりですから、兵隊さんは、どこでも壕はさがすことができましょうから、これだけはまあ見逃して下さい」とお願いしましたが、「お前は言うことを諾かないなら引っぱり出して牛馬のように使うようにするぞ」とますます威嚇がひどいんですね、それで仕方ないからわたしも考えて、兵隊と争っても仕方がないから出ることにした。そうしたら今度は、道具も敷き物も全部そのまま置いて行け、というんです。

これを仮に⑴のタイプということにする。⑴は、言葉による「威嚇」と、持ち物の略奪といったかたちで纏められる型である。このタイプには、「沖縄の避難民ですね、兵隊が、おい、お前たちは戦争の邪魔になるからあっち下れといって、人の壕を盗んで、これは沖縄人兵隊ではないんですよ。わしたちは同じ沖縄人として人情上、そうはできんが、内地の兵隊は、壕から避難民を追い出した上に、米でも持っていると奪い取って、これだけしかないから持たして下さいといったら、お前たちは国賊だ、芋を食へ、といって壕を盗んで追い出しておったんです」といったように、追い出される側からだけでなく、追い出す側にいた者による談話も見られる

二、そうしたらわたしは、自分の家の木の下に防空壕があって、綺麗に掃除もしてありましたが、危いと思って妻子をそこに入れておきました。そこへ越来村の人、読谷村の人も来ましたので入れてやりました。そうしていたら、島尻から、球部隊の兵隊がやって来ました。それで、隊長でしょうね、日本刀をさげていましたから、指揮しているのであったでしょうが、「お前たちは、この壕から出ろ」といいました。出れと言われましたので、「わたしたちは子供もこんなにいるんですから、壕は沢山ありますから外に考えて下さい」といったんですね。そうしたら「君たちはみんな死んでもいい、兵隊は一人でも死んだらどうするか、君たちの戦争ではないか、きかなければ殺すぞ」といって、日本刀を抜いてわたしを殺そうと構えていたんですよ。それで「ああ、そうですか」といって、わたしたちはみんな出ました。

これを⑵のタイプということにする。命令、懇願、拒否、脱出は⑴と同様といっていいが、⑴の言葉による威嚇が、ここでは「日本刀を抜いて」の、いわゆる武器による威嚇に変わっていく。

三、私達家族は、防空壕を追われ、叔母の家族（叔父は入隊）も一緒でしたので（叔母の子供、当時八歳、四歳）、父は近くの墓を二つ開け、一つの墓には、まだ洗骨してない棺があったので、仏様へ拝み棺箱を外に出して入り口はいろいろ木の葉で偽装し入っていました。

戦いは一日一日と激しくなり、那覇まで攻められた頃、また五、六人の元気な敗残兵が来て、自分達がこの墓へ入るからすぐ出るようにと命令され、父は「小さい子供もおりますから、今すぐ出て行くあてもないので、一つの墓でがまんして下さい」と頼むと、「お前達の島を守る兵隊だ。すぐ出ていけ」といって父に銃をむけました。

三は、壕ではなく「墓」である。ここでは、「墓」を「壕」の一種としておくことにするが、「墓」追い出しも多い。これは、二の「日本刀」が「銃」に変わっている形で、(2)のタイプに属するものである。

四、そうしてトドロキの壕に入ったら、あっちへ自分はお米を持って行っていたが、兵隊に取られたか、誰に取られたかわからなかったが、持っていた食べ物をほとんど取られてしまって、豆とハッタイ粉だけが残っておりました。ハッタイ粉は砂糖と交ぜて、一斗缶に持っておりましたので、豆は炊いて食べることができませんでしたので、ハッタイ粉を水に溶かして食べておりました。

五、そうしておる時に、友軍の兵隊が「三歳以下の子供を連れている人は出なさい」といいましたので、わたしは、四歳になる子は姉さんのうちで亡くなりましたが、三歳になる子はつれておりましたので、出ました。そうしたら、友軍の兵隊は、「年が若ければ子供はいくらでも産むことができるから、三歳以下の子供は自分自分で始末をしなさい。そうしないなら、こっちが斬り殺して捨てるから」といいました。そう言われましたので、自分の産んだ子を斬り捨てさせるわけにはいかないからと思って、自分はこの子をつれて、壕から上に出て、左がわに壕がありますよ。壕といっても大きな岩の下のへこんだところですが、そっちに入っておったら、あまりグラマンが激しく飛んでいました。

友軍の兵隊の「出なさい」は、壕を出なさいではなく、前に出なさいであろう。その意味では、直接的な「壕追い出し」とはいえないが、彼女らが、壕を出て行かざるを得なかったのは、そうせざるを得ない言動をみせられたことによるのであり、「壕追い出し」の一種とみなしていいだろう。彼女らは、多分、次のような話を聞いていた。「銃剣ですか、それをガチャガチャさせながら大声で、／『子供は戦争の邪魔者だ殺してやるぞ。子供を泣かすと誰でもいいから殺してやるぞ』と怒鳴りました。それは、わたしの子供が死ぬ二、三日前から、朝、昼、夕と避難民の壕へ軍隊（友軍兵士）が来て、そういって脅かしましたんです。／それでわたしたちはその時ですね、自分の子供が泣かなくなっているのを、却ってよかったというような、安心もあったわけです。子供が死ぬ前のことですよ。自分の子供は、元気がなくて、餓死状態になって泣かなかったんだけれども、他の子供の泣いているのは、あんなに友軍に威しをかけられているんだから、自分の子供はおとなしいからいいんだと考えた時もあったんです。／そうして、あとでわかりましたが、壕の中に入っていた大ぜいの婦人がですね、子供を抱いてすかしているが、お乳や食い物がないのでよく泣くもんだから、友軍が注射して殺したのが沢山おったそうです。つまり子供のほとんどが友軍の注射で殺されたそうです。『注射して上げようね、おとなしくなる注射だ』というふうに注射されてその場で殺されたということでした」といった話を。

友軍の威しが、単なる威しでは決してないということを知れば知るほど、壕に残ることはできなかったのである。子供を始末すること、もしそれができなければ、こちらで「斬り殺して捨てる」といわれ、壕を出ていったタイプを仮に(3)のタイプとしておく。

六、防衛隊から三人、解散になって帰って来ていましたので、一つの壕は男四人が入っていました。このように壕に入っていましたら、日本兵が来て、「あんたたちはこっちから出なさい」、といったので、うちの母が、「こっちは女子供だけだが、全然行くところがないから出ません」といったら、入口を塞いであった畳をはねのけて手榴弾を投げたんです。

これを(4)のタイプとすると、「壕追い出し」の典型的なタイプは、恐らくこれまで見てきたように、大きく四つのタイプに分けられそうである。すなわち言葉による強制、武器による威嚇、虐殺の命令そして殺傷物の投入といったかたちになる四つである。そしてそれは、形としては四つだが、その一つ一つに、さまざまな変化形が見られることはいうまでもない。
日本軍は、悪口雑言し、刀を振り回し、銃を向け、果ては手榴弾を投げ入れるといった、まさに狂気としかいいようのない言動で、避難民たちを壕から追い出したが、それとは全く逆に、壕に閉じこめてしまうということもした。

〇

六、県首脳が去った後、突然友軍が十五、六名ぐらい壕に入ってきて、避難民はみんな下の方に降ろされた。隊長は大塚という曹長だった。彼らは全員ちゃんと軍服を着け、銃も持って壕の入り口に陣取った。入り口の突き当たりには泉があった。避難民を追い出し、一番良い場所を占領したのである。避難民をそこから出さないように厳重に見張っていた。

その理由は、地方人（避難民）が壕を出て米軍の捕虜になった場合、兵隊がこの壕にいる、ということが米軍に知らされる、ということであった。つまり彼らの身の安全のためなら地方人はどうなろうと知ったことではなかったのである。県首脳がいたら、おそらく彼らも一方的な行動はしなかったと思う。

暗い、じめじめした壕に閉じ込められた避難民は食糧もなくなり、餓死する者、病で倒れるものが続出した。このまま閉じこめられたら、みんな死ぬ以外はない。「ここで死ぬより、上にあがって死んだ方がよい。是非出してくれ」と何回も彼らと交渉したが、がんとして聞かない。終りには「泥を喰ってでも生きろ」とどなりつけた。

沖縄戦を悲惨なものにした一つに、スパイ容疑がある。それは第三十二軍司令官の「防諜ニ厳ニ注意スベシ」という「訓辞」によって引き起こされたものとして指摘されてきたことであるが、「壕閉じ込め」は、その一つの現れであった。次の証言七は、そのことを鮮やかに語るものとなっていよう。

七、子供がいたらまたこっちも地雷かけられるからといって、「三歳以下はこっちで処理する」といってですよ、三歳以下は五名いたんですよ。曹長がいたんですよ。それといっしょに四名来ているんです。注射やったんです。その前に、兵隊が、ちょっと、頭が変なのがいるでしょう。そんなのをつかまえて、全部よくやるのをみたんですよ。やっぱり注射してから一時間くらいですな。この五名の中には、わたくしの弟と、姪も入っています。この五名を殺すというので、わたしたちは、この壕から出ようと相談したんですよ、隊長に、そうしたら、君たちがスパイやるからといって、門衛をたてて、もう一歩も動かさないわけですよ。そうして五、六名来て、一人ひとりつかまえて注射したんですよ。うちらは、どうにかして、弟や姪を助けようと思って、この壕を出るからと、お願いしたのですが、スパイされて、アメリカに自分らを知らすということで、出口に門衛を置いて鉄砲を構えて、動かさないようにしたので、もう仕方がなかったんですよ。

日本軍の兵士が「鉄砲を構えて」、壕の中にいる避難民たちを脅したありかたには、二種あった。一つは「壕追い出し」のために、あと一つは「壕閉じ込め」のために。「銃を構えて」行われた、この全く相異なるありかたが、どういう目的で行われたのかは、宮城聡が「まえがき」(『沖縄県史9 沖縄戦記録1』)で、「質、量、共に卓越、立ち向かう術のない米軍に進撃されている第三十二軍の敗残兵は、自己の生命保持の本能で、沖縄県民の避難壕を奪い取る外はなかった」と指摘している通りであり、多言を要しないであろう。あえてここで、避難民の前に「鉄砲を構えて」立つ日本軍の兵士について追記しておくとすれば、

八、私がやったことは軍隊でやったことで、命令に従ってやったまでのことです。私には何もやましいものはないと信じています。渡嘉敷の戦争に関する何冊かの本の中には、私に同情的に書かれているものがありますが、「やられたのは沖縄人、やったのは日本軍」という考え方には賛成しません。私は沖縄県人といっても赤松隊の一兵士です。

という証言に見られる、「『やられたのは沖縄人、やったのは日本軍』という考え方には賛成しません」という「考え方」は、全く正しいということであり、それゆえに、恐ろしいということだけで

ある。『皇軍』、『日本軍』、『友軍』という場合、本土出身兵士のことだけを念頭において書かれてきたきらいがあるが、沖縄県出身兵士をも含めての『皇軍』であったことを確認する必要があろう。調査も十分されないまま、沖縄出身兵士の残虐行為については不問に付されているが、彼らの中には、忠誠心を発揮するために率先して残虐行為に走った者もかなりの数にのぼっている。沖縄戦において、『沖縄人《ウチナーンチュー》はすべて被害者、ヤマトンチューは加害者』という安直な図式をあてはめて論断する風潮もあるが、このような考え方は事実によって訂正されるであろう」という、安仁屋政昭の沖縄戦記録「解説」（『沖縄県史10　沖縄戦記録2』）に見られる一文を忘れてはいけないであろう。

○

『沖縄県史9　沖縄戦記録1』が刊行されたのは一九七一年六月である。沖縄戦の本格的な記録は、ここに始まったといっていい。そしてその後に『沖縄県史10　沖縄戦記録2』が七四年三月、『那覇市史　資料編第二巻中の六　戦時記録』が同じく七四年一二月に刊行され、それが各市町村史に広がっていくが、それは八〇年代まで待たなければならなかった。八〇年代に入ってからその広がりを年表風に略記しておけば、

一九八一年『那覇市史　市民の戦時・戦争体験記一　資料編第三巻七』（三月）、『那覇市史　市民の戦時・戦後体験記二　資料編第三巻八』（三月）

一九八二年　『宜野湾市史　市民の戦争体験録　第三巻資料編二』（一一月）
一九八三年　『石垣市　市民の戦時戦後体験記録　第一集』（一月）、『同　二集』（八四年三月）
　『同　第三集』（八五年三月）、『同第四集附新聞資料』（八八年三月）
一九八四年　『浦添市史　戦争体験記録　第五巻資料編四』（三月）、『南風原町　字が語る沖縄
　戦』（一九八四年～九六年、一二冊）
一九八七年　『西原町史　西原の戦時記録　第三巻資料編二』（三月）、『宜野座村史　移民・開
　墾・戦争体験　第二巻資料編一』（三月）
一九八九年　『座間味村史（下）戦争体験記・資料編・索引』（七月）
一九九〇年　『中城村史　戦争体験編　第四』（三月）
一九九一年　『具志頭村史　歴史編・教育編・沖縄戦編　第二巻』（五月）
一九九二年　『北谷町史　北谷の戦時体験記録　第五巻上・下資料編四』（一一月）『戦時体験
　記録』（三月）
一九九四年　『知念村史　戦争体験記　第三巻』（七月）
一九九六年　『本部町史　町民の戦時体験記』（三月）、『城辺町史　戦争体験談　第二巻』（三月）、
　『竹富町史　戦争体験記録　第十二巻資料編』（三月）
一九九八年　『糸満市史　戦災記録・体験談・資料編七　戦時資料・下巻』（一一月）
一九九九年　『東風平町史　戦争体験記・戦争関係資料』（三月）、『伊江村　証言史料集成　伊

江島の戦中・戦後体験記録』（三月）

といったようになる。

これは、戦争編として独立した「巻」或いは極めて特色のある編集の見られる市町村の刊行物をひろったもので、例えば『楚辺誌戦争編』（一九九二年）や『美里からの戦世証言』（沖縄市、一九九八年）といった字単位のもの、市町村史の通史編等は取り上げていない。その詳細なものとしては吉浜忍の「県市町村字史（誌）における沖縄戦編の刊行状況」（一九九九年現在）がある。吉浜は、「刊行状況」一覧を作製した上で、「沖縄戦編」の流れをたどり、その間「浦添方式」「南風原方式」といった、画期をなす沖縄戦の編集方式が現れてきたことについて触れるとともに、「調査が点→線→面と展開され、これに新しく発掘された資料が加わり、より立体的な沖縄戦記録へと発展している」（琉球新報「点から面へ沖縄戦の記録上」一九九九年六月二二日）と述べていた。

『沖縄県史9　沖縄戦記録1』に始まった市町村レベルにおける「沖縄戦記録」の刊行は、八〇年代以降相次ぎ、九九年の『証言資料集成伊江島の戦中・戦後体験記録』までで、実に驚くべきほどの量に達している。これだけのものが現れたのは、他でもなく、戦争の恐ろしさに発していたし、その事実をなんとしても後世に継承したいという願いによっていたが、それが、あやうくなってきたのである。しかもそれが、これまで上げてきたいずれの市町村「史」でも際立っている「壕」をめぐって浮上してきたのである。それは、あまりに象徴的であった。

「壕をめぐる記憶」に関する理解があやうくなったのは、これまでの積み重ねが無駄であったということなのだろうか。恐らく、そういうことはない。問題が起こったとき、修正を教示した担当官たちが、「修正したかたち」を押し通せなかったのは、その積み重ねがものをいったからに違いない。しかし、問題はこれからである。あやうくなってきたのは間違いないし、いつ新たな問題がでてきても不思議ではない状況にあるからである。事実の隠蔽、改変を許さないためには、何といわれようと、さらに「粛々」と、体験談の記録集を積み重ねていくしかないであろう。

広報誌の時代
――『守礼の光』解説

はじめに

アメリカ軍が、那覇の西方約二〇キロから四〇キロに点在する慶良間列島に上陸を開始したのは、一九四五年三月二六日。圧倒的な物量をもってその日のうちに阿嘉島、慶留間島、外地島、座間味島、屋嘉比島を制圧し、翌二七日には久場島、安室島、阿波連島そして渡嘉敷島に進出、二九日には列島全域の日本軍を退け、三一日には「公式にそのことを内外に宣言した」（大田昌秀『総史沖縄戦』）という。

アメリカ軍が、「ニミッツ布告を発布して軍政を施行することを宣言した」のは「一九四五年四月五日」（宮里政玄『アメリカの沖縄統治』）だという通説は、あやまりだということをそれは指摘してもいたが、そのことはともかく、アメリカ軍は、沖縄へ上陸するとさっそく「米国軍占領下の南西諸島及其近海居住民に告ぐ（一九四五年三月・四月米海軍政府布告第一号）」といった、いわゆる「ニミッツ布告」なるものを出していた。

一九四五年一一月二六日、「ニミッツ布告」を踏まえるかたちで、「米海軍政府布告第一のA号」が軍政長官米国海軍少将ジョン・ディ・プライスによって発表されるが、その第一条で「北緯三〇度の南にある南西諸島及び其の近海並に其の居住民に関する総ての政治及管轄権並に最高行政責任は米国海軍軍政府の権能に帰属し軍政長官として本官の監督下の部下指揮官により行使」されると述べ、第二条では「日本帝国政府の総ての行政権の行使を停止」（『沖縄市町村三十年史　下巻　資料編』一九八二年）したと謳っていた。

沖縄は、ニミッツ布告、次いでプライス布告によってアメリカの軍政下に置かれ、一九五一年九月八日には、対日平和条約及び日米安保条約が調印され（一九五二年四月二八日発効）るが、その第三条は、よく知られているとおりで、それによって沖縄は日本から分離され、以後一九七二年五月一五日、日本へ施政権が返還されるまで、米国の統治下に置かれることになる。

中野好夫、新崎盛暉著『沖縄戦後史』は、沖縄の戦後史を「沖縄占領米軍の支配権確立によってはじまり、日米両国間の政治的取引によって、沖縄が日本に返還された（復帰した）ことによって終わる」と規定、その間の歴史を「アメリカの対沖縄政策」「日本政府の沖縄政策」「沖縄人民の戦い」「本土国民の沖縄問題をめぐる動向」といった観点から「大まかにいえば三つの時期、より細かい特徴に着目すれば九つの時期に区分される」とし、大略、つぎのように述べていた。

一期は、一九四五年六月から四九年後半までで、「沖縄占領米軍は、明確な統治方針をもたないまま、かなり場当たり的に住民を支配していた」時期。

二期は、四九年後半から五二年四月までで、中国の革命が成功したことで、基地建設が本格化していくとともに、朝鮮戦争が勃発し、「対日平和条約の第三条で沖縄は日本から分離された」時期。

第三期は五二年四月から五六年六月までで、「沖縄を要として、太平洋に米比、米台、米韓などの軍事条約網を張りめぐらし、沖縄では、すべての民主的大衆運動の弾圧と軍用地の強制接収を強行して恒久的な基地の建設をおしすすめた」時期。

第四期は五六年六月から五八年後半までで、「島ぐるみ闘争とよばれる全沖縄的規模での大衆闘争の爆発から、その闘争の集結、通貨のドルへの切替え、日米安保条約改定交渉の開始までの時期」。

第五期は五八年後半から六二年一月までで、日米の協力で、沖縄内部の支配層の育成がなされ、沖縄自民党が結成され、琉球立法院二九議席中二二議席を占める勢いを見せる一方「沖縄県祖国復帰協議会の結成をはじめ、つぎの闘争への礎石が着々と築かれていく」時期。

第六期は六二年二月から六四年後半までで、琉球立法院が施政権返還を満場一致で決議したいわゆる「二・一決議を起点」にし、「アメリカの対沖縄政策の部分的修正が、沖縄人民の権利要求に対して対応能力を失って」きたことを示すとともに、保革ともに分裂抗争が激化、革新側の一部に、本土との「系列化の傾向」があらわれてきた時期。

第七期は六四年後半から六七年二月までで、「第一次佐藤・ジョンソン会談、ベトナムにおける『北爆』の開始、佐藤首相の沖縄訪問、日米両政府の経済援助比率の逆転、教育権分離返還構想の提起などの相次いだ」時期。

第八期は六七年二月から六九年二月までで、「教公二法阻止闘争、B52撤去闘争、基地労働者の決起、革新主席の現出といった民主化運動が大きな盛り上がりを見せるが、六九年二月四日のゼネストの挫折によって終止符が打たれた」時期。

第九期は六九年二月から七二年二月までで、コザ暴動、沖縄返還協定粉砕ゼネストを経て、「沖縄返還」が実現した時期。

『沖縄戦後史』は、そのように「沖縄人民の闘いを主軸にしながら」戦後の歩みを九期にわけて考察していたが、「アメリカの沖縄統治政策」を主軸にした時期区分もあった。宮里政玄の『アメリカの沖縄統治』に見られる区分である。

宮里の区分は、敗戦後から一九六六年現在までを区分したもので、一九四五年四月から一九四九年一〇月までを第一期として、以下第二期を一九四九年一〇月から一九五三年一月まで、第三期を一九五三年二月から一九五八年三月まで、第四期を一九五八年四月から一九六一年二月まで、第五期を一九六一年二月から一九六四年七月まで、第六期を一九六四年八月から一九六六年現在までとしていた。

六期に区分するにあたって宮里は、第一期を「混乱期」とし、第二期を「積極的なパターナリズム」の時期、第三期を「反動的なパターナリズム」の時期、第四期を「柔軟なパターナリズム」の時期、第五期を「厳格なパターナリズム」の時期、第六期を「柔軟なパターナリズム」の時期といったように、「パターナリズム」を基本概念にして区分していた。パターナリズムとは、「アメリカの外交を特徴づけている、アメリカの絶対的な道徳的優位性と『全能』の自信に基づいた『メシアニズム』の沖縄的表現である。すなわち、アメリカの国民的利益とそれを擁護するアメリカの政策が絶対的に正しく、しかもそれが沖縄住民の利益にも合致するという前提にたって、後進的な沖縄人を『民主化』するのがアメリカに与えられた義務であるという考え方である」と、宮里はいう。

宮里の区分は、中野・新崎の区分よりさらに年代を短く区切ったものとなっていた。それはとりもなおさず、アメリカの沖縄統治政策がめまぐるしく変わっていったということを示すものであったし、沖縄が否応なく米軍の占領政策に振り回され続けたということでもあるが、その中で、変わることなく一貫していたのがある。

「後進的な沖縄人を『民主化』する」という名目になる米軍の活動である。

「民主化」のための活動は、情報・広報部門、親善活動、教育・文化部門と広範囲に及んでいるが、その発信源としての役割を果たしたのに琉米文化会館がある。同館は、一九四七年石川、名護、一九五一年那覇、一九五二年八重山、宮古そしてその後各地に建てられていくが、図書館を始め「各種演奏会、講演会、展示会、映画鑑賞会および講習会やレクリエーション活動など多目的に利用される大きなホールを有して」いた。

各地区に設立された「文化会館が行うすべての事業や活動」は、

⑴沖縄人の自立及び自治能力を高める。
⑵米国及び琉球列島米国民政府の政策並びに事業について説明するための諸活動を通して米国への敬意、理解及び感謝の念を抱かせるようにする。

⑶共産党の宣伝活動を阻止する。

⑷米軍及び琉球列島米国民政府の使命並びに業績を説明する。文化会館の望ましい活動とは、沖縄人の特性である母系社会的な忠誠心と勤勉性を助長させることや、米国の占領行政が行われる期間、米琉双方の互恵並びに摩擦の解消を目的として友情と協力を培うことである。

といった「目的を容易に遂行するよう計画されて」（崎原貢「琉米文化会館の歴史と目的」『那覇市史　戦後の社会・文化1』）いたという。

琉米文化会館は、実に重要な役割を果たしていたことがわかるが、それはまた、高等弁務官府の機関誌『守礼の光』等を配布する役割を担っていたことにもあらわれている（安仁屋政昭「軍政と図書館」『那覇市史　戦後の社会・文化1』）。

1、『守礼の光』の創刊

琉球列島米国民政府は、「文化会館が行うすべての事業や活動」の⑵に示されているように、「米国への敬意、理解及び感謝の念を抱かせる」ために、さまざまな啓蒙活動を展開していく。琉米文化会館を通して配られた『守礼の光』の発刊もその一つである。

『守礼の光』が創刊されたのは、一九五九年一月。創刊号には、琉球高等弁務官D・P・ブース中将の「『守礼の光』の創刊を祝つて」が掲載されていることからわかるように、それは、「琉球諸島高等弁務官事務所の出版物」であった。

『守礼の光』の創刊を祝う文章を寄せたブース中将が、高等弁務官に就任したのは一九五八年五月一日。「沖縄に高等弁務官制が施かれるようになったのは、一九五七（昭和三二）年六月五日、アメリカのドワイト・D・アイゼンハワー大統領が、『琉球列島の管理に関する行政命令』（行政命令第一〇七一三号）を公布したのに基づいている」（大田昌秀『沖縄の帝王　高等弁務官』）というが、「大統領行政命令」は、その「第四節」で、琉球列島民政府に、高等弁務官制度を設けること、高等弁務官は、合衆国軍隊の現役軍人から選任されること、行政命令の規定によって与えられた権限を有すること、与えられた職務を民政府職員に委任することができること、そして国防長官から与えられたいかなる権限任務をも遂行しなければならないとされ、「最終的（名目的）には、米大統領や国防長官のほうにより強大な権限が留保されていた」とはいえ、「米国の対沖縄軍政（民政）方針の実施においては、現地の高等弁務官（民政副長官）が、ほとんど最高ともいえる絶大な権限を握っていた」のであり、「現地軍司令官としての絶大な軍事権限に加えて、行政、司法、立法の三つの権力を一身に集め、文字どおり琉球政府の頭上に君臨した」（大田前掲書）という。

初代高等弁務官ジェームズ・E・ムーア中将のあとを次いで、ブース中将が赴任してきた時期は、中野・新崎の時期区分によれば第五期、宮里のそれによれば第四期にあたり、「対沖縄政策のうえで日米協力が具体化し、占領支配体制の受益者層いいかえれば沖縄内部の支配層の育成が、一時的表面的には、ある程度の効果をあげた」時期であり、「強行政策の再検討の結果として、統治政策が軟化した、柔軟なパターナリズムの時期」にあたる。

ブース中将が赴任した一九五八年一一月には「それまで数年にわたって、沖縄中を文字どおり激動せしめた土地問題もひとまず区切りがついた形」（大田）になっていた、といわれるが、その前々月九月には通貨が、それまで流通していたB円軍票からドルにきりかわる。B円をドルに切り替えたのは、「政治的に本土から分離された沖縄をこんどは経済的に完全に分離して、分割統治を効果的にすることが狙いであった」（宮城悦二郎『占領者の眼―アメリカは〈沖縄〉をどう見たか―』）という。宮城は、「米軍が「民主主義のショーウィンドー」という看板をおろし、ドルによる（経済的な）説得に踏み切ったのは一九五八年であった」といい、「基地建設の時代が終わり、新たな統合の時代の幕開けであった」と指摘していたが、その「新たな統合の時代の幕開け」を飾るかのごとく、『守礼の光』は創刊されていたのである。

ブース中将は、雑誌の発刊を祝って、次のように述べていた。

どんな町や村、あるいは国にあっても、その地域に住む人の一人一人が自分の仕事はその社会のためになるのだということを良く知り、そしてそれに誇りを持つということが一番大切なことであります。特に、在留米軍と琉球人の場合のように相ことなる国の人々が密接に触れあつて作業し、生活する場合、真実そうであると言えましょう。

お互いに話す言葉がちがうということから、時には琉球人と米国人の間で何もかも完全に理解しあうということが難かしい場合も生じます。この言語上の障害を除く目的から、全琉球人に話しかける月刊雑誌として、この「守礼の光」が発行されることになりました。私はこの刊行物が、あなたに関係のある米国政府や米軍の諸方針を理解する上に、大いに役立ってくれることを期待しています。

在留米軍の軍人やアメリカ人職員たちは、琉球のかたがたとの仲が、引き続き極めて融和的に友好的につづけられて来たことを感謝し、また喜んでおります。お互に理解しあい協力しあう心があれば、われわれお互の間におこる問題は解決できるということは、いままでの経験が示していきます。司令官として、また高等弁務官として、私はこの新しい雑誌がこの親和関係を一層深めてゆくことを心から切望する次第であります。

ブース中将は、まず、相異なる国の人々がともに働く場では、自分の仕事に誇りを持つことの大切さを説くことから始め、言語が異なることによる障害を取り除くために雑誌を発行すること、そして雑誌が親和関係を築くものになっていくことを期待していると述べているが、主調は「米国政府や米軍の諸方針を理解」して欲しいという点にあった。

創刊号はまた「月刊誌『守礼の光』一九五九年一月創刊について」として「琉球人従業員がなお一層働きよくなるために、その仕事の事や労働条件などについて良くわかるようにお知らせしたいと考えて」いること、「そのほかの一般読者のためには、文化、科学、教育、あるいはアメリカ事情や琉球のことなどについて興味のあることを載せていきたい」と思っていること、また雑誌の内容に関する批評、「小文、詩、短歌、俳句、ローカル・ニュースなども大いに歓迎」するといい、投書や質問等の宛先を記載した後に「本誌には毎号次のようなものを掲載いたします」として、

一、皆さんの職場や仕事や生活に関する記事、あるいは琉米関係の記事やニュースなど。
二、琉米間の文化交流に関するもの、琉米間の相互協力や社会問題に関するもの、罹災者援助のための手をつないだ努力、写真を通して見る琉球人やアメリカ人などの生活、文化やスポーツに関する記事やニュース。
三、在琉米軍に勤めている琉球人従業員の給与、恩典、労働条件、諸規則、福利などに関すること、あるいは提案報奨、個人及び団体の表彰などについての記事を掲載いたします。御質問のお手紙には米軍の担当責任者からの回答をつけて掲載します。

と、述べていた。

「月刊誌『守礼の光』一九五九年一月創刊について」は「誌説」として掲載されたものである。「誌説」は、雑誌の編集意図を布衍した欄で、第二号の「誌説」では、「『守礼の光』は、高等弁務官が直接に会うことのできない人々と高等弁務官との間の、意志の疎通をはかる橋渡し、両者をつなぐ輪として役に立ちたい」として、その発刊の目的を鮮明にしていた。

2、『守礼の光』の掲載記事

一九六四年三月号は「愛読者の皆様へ」として、「読者の皆様が常にこの雑誌を楽しくお読みになり、また有益な知識を得ることができますように今まで努力してきましたが、今後も最善を尽くしてこの目的を果たしたいと思います。そのためには皆様のご協力がぜひ必要であります。皆様の素直なご意見や提案をいつも歓迎することはもちろんのこと、改善すべき点に対する皆様のご批判は、ほめことばに劣らずきわめてたいせつなことだと考えております。つきましては、本号次ページにあるアンケートの質問事項にお答えのうえ、当編集部にお送りくださるようお願いして、皆様のご意見を伺いたいと思います」と、七項目からなる質問事項を設けていた。そして、その5のaに「『守礼の光』に掲載された下記の各種の記事、読み物について、(A)関心がある、(B)やや関心がある、(C)関心がない、の各欄に印をつけてください」として、

(1)琉球昔話、(2)琉球歴史、(3)琉球の美術と文化、(4)家事の知識、(5)アメリカの生活、(6)労働問題記事、(7)英語教室、(8)アメリカの短編小説、(9)読者の花かご、(10)読者のサロン、(11)交通安全記事、(12)次の国あるいは地域に関する記事：南米・ハワイ・アメリカ合衆国・台湾・東南アジア・琉球列島・その他の国々、(13)現代科学の発達、(14)琉球政府および民政府の計画に関する記事、(15)青少年活動記事、(16)共産主義に関する記事、(17)青少年活動記事、(18)琉米親善記事、(19)教育に

関する記事、⑵漁業に関する記事、⑵農業に関する記事

といった項目をあげていた。

『守礼の光』に掲載された記事、読み物といえば、アンケートに見られるこれらの「各種の記事、読み物」が、それぞれ写真・絵入りで、大層視覚的に編集されていた。

アンケートに対する返答がどのようなものになったのか、その結果についての報告記事が見られないのでわからないが、その後の紙面にほとんど変化がないことからすると、「(A)関心がある」に、多くの印がつけられていたのではないかと思われる。

『守礼の光』は、大まかにいえば、米琉の親善記事を主体に、反共を説くといったかたちで一貫していたといっていいだろうが、その流れを区切るとすれば、大きく次のようになるであろう。

1、一九五九年から一九六四年まで
2、一九六五年から一九六九年まで
3、一九七〇年から一九七二年まで

1の時期は、半世紀前のアメリカと現在のアメリカとでは労働者の生活がまるっきり変わってきたといった米国の世情(「米国労働者の生活」創刊号)に関すること、米軍は、琉球人従業員の

給与、休暇、健康管理に意を尽くしている（「米軍の人事管理方針について」創刊号）といったこと、一九五二年設立された琉米福祉協議会の各種の救援活動（「お互に良くなる為に……米空軍の琉米親善計画……」一九五九年三月号）について、そして米国の人事交流計画（「知識の交流」同号）といった、アメリカの紹介、米軍の琉球従業員待遇、琉米親善事業の紹介そして米国の費用負担による留学の勧めといったような記事が目立つが、同時に、『医師ジバゴ』とソ連の慌てぶり」（一九五九年二月号）、「中国農民の『新生活』」（同年四月号）といったような、表現の自由のないソ連、個人の自由な生活を奪った中国の新体制を批判した論考や報告があり、六〇年代に入ると、「鉄のカーテンの中」（一月号）「マルクスはどう誤ったか」（二月号）、「歴史は何を語る―ソ連の対日覚書について」（四月号）、「誌説　この時に思う」（五月号）、「取りもどした良心　カズナチェフ事件とは」（六月号）、「備えあればうれいなし　戦争をさせない軍備」（七月号）、「誌説　学問のとりで」（八月号）、「望ましい政治のしくみ」（同月号）といったような共産主義体制批判記事をほぼ毎号掲載していく。九月号には「誌説　米軍はなぜ琉球に在留するか」と題して、琉球諸島民政官ジョン・G・アンドリック准将の講演原稿を掲載していた。

アンドリック准将のそれは、ソ連が「強力な共産帝国をつくり」全世界の征服をねらっていること、米軍がアジア地域から撤退したら「日本も琉球も侵略的な共産軍によって征服され、アジアにおける強大な共産主義帝国の一部になってしまうことは疑う余地がない」ばかりか、今日のような平和な生活などなくなってしまうこと、琉球にも国際共産主義の支部機関があって活動していること、彼らの主張は事実に反していてばかばかしいこと、米軍の駐留は、共産主義者の侵略を阻止するためだけでなく、琉球政府と協力し、琉球の経済の進展をはじめ教育、社会、文化の繁栄に貢献したいがためでもある、といったものであった。

アンドリック准将の講演内容は、ほぼ似たかたちで、この時期くりかえし論じられていくことになる。

大田昌秀は、ブース中将について「沖縄の政情の悪化を単純に共産主義のせいにするような偏狭な度量はみせなかった」(『沖縄の帝王　高等弁務官』)と書いていたが、創刊当時はともかく六〇年から六一年までの『守礼の光』の紙面を見るかぎりでは、にわかに信じがたいものがある。『守礼の光』の誌面は、六一年から六四年まで在任し、「歴代高等弁務官のなかで、もっとも露骨に「離日」政策をとったとして知られている」(大田前掲書)ポール・W・キャラウェイ中将の在任期間中、ほぼ一貫して変わることがなかったといっていいだろう。

大田はまたキャラウェイ時代について「アメリカが国の内外でさまざまの困難な状況に直面していた時期である」といい、「国際的には東西の冷戦にともなう核軍備競争のほかに、ベルリン危機やキューバ危機が重なっていた。加えて韓国や南ベトナム、ラオスなどの熾烈な民族運動が台頭してアメリカの対アジア政策に変革を迫っていた。一方、国内的にはそうした海外の情勢に対応するための軍事支出の急激な膨張やインフレの進行、さらには失業者の増大、黒人問題の悪化などもあって、政治は一種の行き詰まり状態に陥っていた。そうした事態を打開するためにケネディ大統領のいわゆる「ニュー・フロンティア」政策が打ち出されたわけだが、米本国でのこうした情況は、多かれ少なかれ、キャラウェイ高等弁務官の施政にも影響を与えずにはおかなかった」と指摘していたが、それはまた、高等弁務官府の出版物である『守礼の光』にも影を落としていたといっていいだろう。

2の時期は、「自由諸国家のベトナム援助」（一九六五年二月号）に始まり、「東南アジア情勢」（同年三月号）、「ゲリラ戦と民主政治」（同）、「アジアに平和を」（同年四月号）そして「ベトナムに関する二五問」（同年五月号）といったような、ベトナムに関する記事が途切れることなく掲載されていく時期である。

「ベトナムに関する二五問」は、「歴史はいま、ベトナムで作られつつ」あると始め、新聞は、毎日のようにベトナムでの戦闘について報道しているが、戦闘の原因は何か、それはいつまで続くのか、「ベトナムでの米国の目的は何なのか」、「アジアの他の地域に住む人々にとってどんな意味をもつことになるのか」と、多くの人びとが疑問を抱き、解答を求めているに違いないと思われるので「琉球列島米国民政府」では、その疑問に答えるべく「この記事を用意した」と前置きし、「ベトナムはどこにあるか」「ベトナムの人口は」「ベトナムはいつ二分されたか」「一九五四年のジュネーブ協定とは」「一九五四年ジュネーブ協定締結当時、北ベトナムで共産政権に反対の住民はいなかったのか」「なぜ北ベトナムは侵略者か」「ホー・チミン・ルートとは何か」「ベトコンとはだれのことか」「ホ・チミンとは何者か」「なぜアメリカは南ベトナムの反共闘争に巻き込まれたのか」

「ベトナムにおける米国の目的は何か」「ベトナム共和国には、何人の米国人がいるか」「一九五九年以来何人の米人がベトナム共和国内で殺傷されたか」「いくつの国家がベトナム共和国を援助しているか」「日本政府はどんな援助をベトナムに与えたか」「ベトコンを破り、ベトナム共和国に平和を回復するのにどれだけの年月を要するか」「南ベトナムの戦争は従来の戦争とどう違うのか」「なぜ米国は一九六四年八月北ベトナム海軍の港湾施設を爆撃したか」「一九六五年二月の第二週に米国とベトナムの飛行機が北ベトナムの目標を爆撃したのはなぜか」「一九六五年二月中に北ベトナムのどんな施設が爆撃されたか」「二月の北ベトナム爆撃に対し、諸外国はどんな反応を示したか」「北ベトナムの爆撃は今後も行われるか」「米国は南ベトナム戦の拡大を助長しているか」「交渉によるベトナム問題の平和的解決は可能か」といった「二五問」を設け、それに答えるかたちで、米国が、「戦争不拡大の制約のもとで、防衛のための闘いをつづけてきた」こと、米国は、ベトナム問題の平和的な解決を希望しているのであって戦争の拡大を望んでいるわけではないといったことを強調し、「ベトナムの平和は、北ベトナム政府が南ベトナムのベトコン支援を中止し、一九五四年のジュネーブ協定の基本条項を守る決意があるか否かにかかっている」と締めくくっていた。

アメリカと南ベトナム政府が、防衛力増強に関する共同声明を発表したのは、一九六二年一月。二月には、米国防省は南ベトナム米援助司令部を設置し「ベトナム内戦に本格的に介入する態勢をととのえた」(新崎盛暉『戦後沖縄史』)といわれ、六五年二月、北爆を開始していく。『守礼の光』五月号の「二五問」は、それを受けてのものであったことがわかるが、以後、ベトナムに関する記事が六八年一一月号までほとんど途切れることなく掲載されていく。

一九六九年六月一七日には、ニクソン大統領の「ベトナム派遣米軍撤兵計画によって、約五、〇〇〇人の米海兵隊が沖縄のホワイトビーチに上陸」(『写真記録沖縄戦後史 1945—1998』)する。『守礼の光』は一九六九年一二月号に「ベトナム問題をこう考える」を掲載。そして七〇年五月号に「米国のベトナム和平計画に関する経過報告」を掲載し、ベトナムに関する記事の掲載を終える。

『守礼の光』一九七〇年一月号は、一頁目に、「日米共同声明は歴史的文書」の見出しで、「琉球列島米国高等弁務官ランバート中将はニクソン大統領と佐藤総理大臣との会談について次のようなステートメントを発表した」として、ランバート中将の声明文、二頁から五頁まで「日米共同声明全文」、六頁から九頁にかけて「民政官沖縄復帰を論ず」として、ロバート・A・フィアリー民政官が、民生部婦人クラブで行った講演の抜粋を掲載していた。

3の時期の始まりである。以後三月号に「円滑な移行のために」として『ジャパンタイムズ』の社説の抜粋及び記事の転載である「沖縄復帰の実現」、六月号には、準備委員会の発会式でランパート高等弁務官が述べたメッセージの抜粋「準備委員会発足」を掲載、その後、復帰に関する記事の掲載はなく、一九七二年四月号の発刊後、『守礼の光　沖縄返還特別号』が刊行され、終刊を迎える。

『守礼の光』に、「復帰」に関する記事が出たのは一九六〇年である。四月号「誌説　夢と現実」がそれだが、そこで説かれているのは、米軍が沖縄に駐留しているのは共産勢力の侵略を防ぐためであり、沖縄住民もそのことを認める「現実的な心がまえ」が出来上がりつつあるが、一部扇動政治屋のなかには身勝手な目的のために即時祖国復帰を叫んでいる「同胞に対して最も不忠実」な人物がいるので十分に気をつける必要がある、といったようなことであった。

沖縄県祖国復帰協議会結成大会が開かれたのが一九六〇年四月二八日。革新政党、各民主団体の代表約一〇〇〇人がタイムスホールを埋め、宣言・スローガンを採択した後、提灯を手にデモ行進（『写真記録　沖縄戦後史』前掲書）を行っているが、「誌説」の論者は、その大会を先取りするようにして、「夢と現実」を書いていたのである。

「誌説」の論者は、「日本復帰は琉球住民が当然抱く悲願であることはよくわかっている」とも述べていることからすると、「復帰」に反対なのではなく、「即時復帰」に反対なのだということだろうが、たぶんそれは『守礼の光』の基本的な姿勢であったに違いない。そのことをよく示しているのが一九六二年七月号に掲載した「ハワイ同胞の警告　あわてて復帰は損」であり、同年九月号に掲載された「施政権返還と琉球経済―即時日本復帰は混乱を招く―」である。

『守礼の光』は、戦後いち早く沖縄に救援の手を差し伸べたハワイの外からの声と、琉球商工会議所事務局長の内からの声を取りあげることで、復帰への姿勢を鮮明にしていたのである。

3 『守礼の光』の執筆者たち

『守礼の光』は、一九五九年一月号から一九七二年五月号まで途切れることなく刊行され続けていた。そして、その使命とする目標は、変わることはなかったと言っていいが、執筆陣には変動が見られた。

その点に注目していくと、

1、初期、一九五九年一月から六二年六月まで
2、中期、一九六三年七月から六五年まで
3、後期、一九六六年から七二年まで

といったように、三期に分けることができる。

初期の執筆者には金城光子、真栄田久、山原三良、砂島村人、星宣人、ウェイン・ホフマン、花城シマ、仲泊良夫、松原四郎、島しげる、照屋仁、波平信光、田場盛栄、牧志一郎、外間清、玉城みのる、登川信二、福木二郎といった人々がいて、健筆をふるっている。

金城光子は、米国女性の活動や沖縄の女性の活動を主に取りあげて紹介し、真栄田久は、主に農業に関する記事、山原三良は、米国の研究前線、偉人の紹介、行事、対外援助活動といった幅広い分野にわたる紹介、砂島村人は、琉球独自の生産品や文化の紹介、星宜人は、山原と同じく偉人の紹介から、山林保護活動，僻地医療に献身する医師，特殊な商売，協同組合、フォート・バクナ

ー婦人クラブの活動、冬季オリンピック競技場に関する記事、ウェイン・ホフマンは、アメリカ各州の風物誌、花城シマは、米国議会で活躍する女性たちをはじめ、女性活動家たちの紹介、仲泊良夫は、市町村めぐりや、偉人伝、島しげるは、ゴールデンゲイトクラブ紹介をはじめ米国の大学案内、照屋仁は、ロシア、中共批判、波平信光は、照屋と同じく、共産主義批判を展開するとともに、「黒船訪琉記」を連載、田場盛栄は、米国琉球民政府の紹介、牧志一郎は、産業安全運動や、米陸軍病院の事業、ハワイ政界で活躍する沖縄県系人の紹介、外間清は、スポーツ、玉城みのるは、医療、公衆衛生、登川信二は、琉球大学の紹介、福木二郎は市町村めぐりといったような記事を主に書いていた。

『守礼の光』の初期は、執筆者がほぼ固定化していた時期であるが、記事の多くは、米国の紹介と米軍への感謝、基地従業員の就業情況そして共産主義体制を弾劾する記事で大半が埋められていたといっていいだろう。

中期には、雑誌に少し変化が見られる。

中期に登場した主だった執筆者は、ヘンリー・ナカソネ、翁長君代、サムエル・H・キタムラ、瀬底ちずえ、仲井真正信、松川久仁男で、あとの執筆者は、一回だけが大半で後は、四、五回の登場で終わっている。

ヘンリー・ナカソネは、琉球の園芸について、翁長君代は、料理をはじめエチケットに関する記事、サムエル・H・キタムラは、英会話教室、瀬底ちずえは、沖縄の民話、仲井真正信は、琉大の紹介をはじめ高等学校の紹介、松川久仁男は、経済的な観点からする記事を書いているが、この時期の一つの変化は、エドガー・A・ポーの「黒猫」にはじまり、W・アービングの「睡魔の谷」、F・R・スタクトンの「美女かトラか」、ハーマン・メルビルの「モビイー・ディック」、オー・ヘンリーの「レッドチーフの身のしろ金」、ブレット・ハートの「怒号部落の幸運」といった海外作品を抄訳して紹介している点にある。

あと一つ、この時期目立った点をあげておくと「料理」の翁長君代はいうまでもなく「琉米条約」の紹介記事を書いた外間政章（62－10）、島々に残る琉球の古文書・記録の調査報告をおこなった崎原貢（63－8、9、10）、琉球音階について書いた渡久地政一（63－10）、琉球の蝶や毒蛇の紹介をした高良鉄夫（63－10、64－10、65－1）、リンカーンの紹介をした友寄英一郎（64－2、65－2、70－9）、「琉球列島の起源」を執筆した多和田真淳（64－2、3）、「アメリカの学校図書館」について報告した石川清治（64－12）、英語の必要性を説いた安里源秀（64－12）、琉球の文化財について論じた山里永吉（65－7）、「琉球農業戦後の発展」について論じた源武雄（65－9）、「琉球文化財はかく保護された―失われた琉球古文化財の中から―」を書いた川平朝申（65－9）といった学者、研究者、文化人たちが紙面に登場していることだろう。

雑誌の基本方針は全く変わることはなかったどころか、ベトナムへの出撃の正当性を懸命に説く記事が掲載されていく中で、琉大を中心にした学者・文化人の寄稿が見られるようになるのである。

後期は、山里永吉、新島正子、平田俊雄、ゴードン・ワーナー、亀川正東らの名前が目立った時期である。山里は六五年七月号に顔を出し、それっきりになっていたが、七一年になって一月号から七二年の終刊号直前の四月号まで「沖縄の宝物」についての紹介記事を書き継いでいく。新島正子は翁長君代の後を継いで、料理教室を担当、平田俊雄は、六六年八月号に「沖縄製粉」の紹介記事を書いて登場して以来一九七〇年一一月までほぼ毎号、沖縄の産業、島々の訪問記、米軍従業員に関する記事を書き続け、ゴードン・ワーナーは、六七年から七二年まで「琉球の戦後教育史概要」を連載、亀川正東は七〇年から七二年まで「みんなのアメリカ文学」を書き継いでいく。

後期で目立った点といえば、米人の執筆者が増えたことだろう。これは、中期に始まっていたが、後期になるとさらに増えていた。米人執筆者の増大は、アジア関係記事、とりわけベトナム関係記事を数多く掲載したことと関係していた。

『守礼の光』に登場してきた執筆者の顔ぶれは、そのように三期に分けられるが、『守礼の光』の顔といえば、仲泊良夫と瀬底ちずえの二人ということになるであろう。仲泊の名前が現れるのは一九五九年六月号「糸満の初夏を飾る爬竜船」からである。そして八月号に「夏をいろどる勇壮な大綱引」といったように沖縄の伝統的な行事を取りあげた記事にはじまり、六〇年一月号には「また誕生した新産業　オリオンビール」といった記事、六一年五月号から「市町村めぐり」の記事そして六一年一〇月号から「琉球偉人伝」の連載を始め、七二年までとぎれることなく、時に三本の記事を同時に発表するといったような大活躍をしていく。

後一人、瀬底ちずえの名前が紙面に現れるのは一九六三年一一月号「琉球昔話・運玉義留」からであるが、六三年八月号「かめの恩返し」、一〇月号の「琉球昔話・ねずみの嫁入り」等も彼女の筆になるものだと考えられる。いずれにせよ、瀬底は「琉球昔話」の連載を一九七二年四月号まで続けていくが、「琉球昔話」だけを発表していたわけではない。六三年一二月号に「伸びゆく興南高校」に始まった学校訪問記事、施設訪問、時の人物紹介等々、仲泊とともに、時に二、三本の記事を発表していた。

仲泊の偉人伝、瀬底の琉球昔話は、人気があったに違いない。そうでなければ、あれほど長期の連載になることはなかったはずである。とりわけ瀬底の昔話は、沖縄人だけでなく、米人にも人気があったことは、それが一九七三年九月『Legends of Okinawa』として英語版が出されたことからも窺える（日本語版『おきなわ　昔がたり』は一九七四年二月に刊行されているが、一九六九年一一月には『オキナワの童話＝民話風土記＝』を刊行していた）

4、『守礼の光』読者たち

『守礼の光』は、目次欄に記されているように「琉球諸島高等弁務官府の出版物」であったが、それはどのようにして読者の手元に届けられたのであろうか。

一九五九年八月号は、「『守礼の光』の配布について」として「購読料や入手方法のお問い合わせをたくさん頂きますが、『守礼の光』は各琉米文化会館、または市役所、町村役場を通じて無料〇〇で配布しております。あなたのお近くの役場または文化会館へお申し込みください」とあって、琉米文化会館等を通じて無料で配られていたことがわかる。

それが、一九六三年六月号の配布についてのお知らせでは「これまで『守礼の光』は、琉米文化会館や市町村役所を通じて一般に配布してきましたが、このたびこの方法を、直接個人あての配布あるいは郵送に改め、読者のご便宜を図ることにしました。ご希望のかたは各琉米文化会館、または那覇市美栄橋郵便局私書箱二四号『守礼の光』編集部へ、一年分の郵送切手（五セント切手十二枚）を添《そ》えてお申しこみください」となり、八九号・一九六六年六月号（一九六五年一〇月号・八一号から一九六九年四月号・一二三号まで号数表記に変更され、六九年五月号から再度月表示に戻る）では私書箱番号が四〇二四号へ変更になり、一一五号（一九六八年八月号）では私書箱番号が六二四号にかわり、一九七〇年一二月号には「『守礼の光』は、沖縄本島内の市町村役所、商社、軍施設、学校などへの配布は従来通りトラック便により一括してお届けいたしますが、個人ならびに本島以外の市町村役所、商社その他各施設に対する配布は、那覇市の電算機会社との契約により、同社を通じて郵送いたしております。（改行）個人で郵送ご希望の方は、那覇市中央郵便局私書箱六二四号『守礼の光』編集部あて一年分の郵便切手（六〇セント）を添えてお申し込みください。新規お申し込みの場合は、住所氏名にふりがなを添えてください。漢字は読者名簿に記載するためで、ふりがなは、漢字の印刷ができない電算機にかけるためのものです」とあり、一九七二年三月号のお知らせには、復帰以後雑誌は廃刊になるので「郵送は五月の返還号をもって終了することに」なるといい、米軍従業員には、一九五七年六月以来、本土の米軍従業員に配布している『交流』を配布するが、米軍従業員以外で希望するものは、手紙で申し込んでほしいと「郵便番号三五一　埼玉県朝霞市ノースキャンプドレーク　建物番号八六四『交流』編集部」の住所を記していた。

『守礼の光』は、そのように公共の施設を通じて配られるとともに、個人への配布もなされ、読者のもとに届けられていたのである。

『守礼の光』が、読者の声を掲載する「意見の広場」を開設したのは一九五九年四月号からである。「意見の広場」は、一九六〇年四月号から「読者のサロン」に名称を改め、一九六〇年二月に開設した「読者のはなかご」とともに一九七二年四月号まで続いていく。

「読者のはなかご」は文芸投稿欄で、詩、短歌、俳句などの習作が掲載されているが、「読者のサロン」は、意見、感想、依頼等が寄せられていて、『守礼の光』が、どう受け取られていたか知る上で絶好の欄となっている。

「読者のサロン」に寄せられたのは、沖縄県在住者の声だけではなかった。本土はいうに及ばず北米、南米、韓国、台湾等海外からの声も数多く見られた。そして、それらの声のほとんどは賞賛の声だったといっていいが、時には、「『言論の自由』の世の中です。出版物などもわざわざ弁務官の許可を得ないといけないという世の中ではありません。貴誌もマスコミの一部として広く一般社会に知識を与える機関です。矛盾した沖縄の点を紹介し、之をどのようにすれば矛盾のない沖縄にしていくかを貴誌に載せ、一般の認識を高めるよう願う者の一人です」（一九六〇年一月号）といったのや、「貴誌『守礼の光』は何のために発行されているのですか、主旨をお教え下さい。（改行）毎月いただいていますが、内容が一方的であります。琉米親善のためのものなら、もっと多く沖縄のことを載せて下さい」（一九六〇年六月号）といったのも見られた。

『守礼の光』に、沖縄に関する記事がなかったわけではない。その殆どが沖縄に関する記事だといえばいいえた。しかしそれらは、沖縄の現状をとりあげたとは思えないように見えたのである。その不満の声は、まさしく雑誌の弱点をついたものとなっていたといっていい。

『守礼の光』の創刊から廃刊までの間、沖縄で起こった出来事を簡単にたどればすぐにわかることであるが、沖縄県祖国復帰協議会結成大会（一九六〇年四月）、マリン演習（一九六一年一〇月）、國場君轢殺事件（一九六三年二月）、投下演習で少女圧死（一九六五年六月）、裁判移送問題（一九六六年六月）、B52大挙飛来（一九六七年三月）、復帰要求国民会議開催（一九六七年二月）、教公二法阻止闘争（一九六七年二月）、原潜寄港反対デモ（一九六八年八月）、B52墜落（一九六八年一一月）、全軍労スト（一九六九年六月）、コザ暴動（一九七〇年一二月）、毒ガス移送（一九七一年七月）といった事件、事故等、取りあげられることなく無視されていく。そのような沖縄を揺るがした事件、事故はいうまでもなく、巷の話題に関しても、ほとんど取り上げられてないのではないか、といったことに対する不満の声が、いち早くあがっていたのである。

一九六〇年五月号にはまた「『守礼の光』の編集部の方がた、ぜひ日本のことも載せて話題を多くして、琉、日、米の親善をはかってください」と、愛知県の高校生の声が載せられている。『守礼の光』が、沖縄に君臨した「高等弁務官室の出版物」で、琉米親善に関する記事を主にしていたとはいえ、「日本のこと」についての記事はあまりにも少なかった。「お答え」の「このお手紙に接して編集部では喜んでいます。それは『守礼の光』が第一に使命とするもの、つまり今日の沖縄について真実をお知らせする、という使命を果たしていることが指摘されているからです」というのは手前味噌としかいいようのないものであり、「日本のことも載せて」という声もまた、『守礼の光』の短所を突いていたといえる。

『守礼の光』が刊行されて一年ほどたった時点で、沖縄のこと、さらには日本のことをもっと載せて欲しいといった声が寄せられていたが、六〇年の半ばには、すでに『守礼の光』をめぐる事件ともいえるものが発生していたことがわかる。

いわゆる「琉大のボイコット決議」である。声を寄せた「一琉大生」は、「四、五、六月号が入手できず困って」いるといい、ボイコットには反対したこと、民主主義を標榜するからには、ボイコットは、表現の自由を放棄することであり、自己矛盾であるとして「決議」を批判し、「愛読書をたちきられ空白の状態になっている」と訴えていた。編集部は、それに対し「琉大の指導的な一部学生が、出版物ボイコットを必要と考えたとはまことに残念です。しかし大部分の学生が、わざと出版、言論の自由をすてるとは考えられません。少数者が『民主運動』の名をかりて、おどしや暴力で言論の自由をふみにじるようでは、戦後沖縄がせっかく得た自由は失われてしまいます。(改行)編集部では、今後も沖縄の文化、歴史、風習など、および米国を初め自由世界諸国との交流についてお伝えするつもりです」と答えているが、「琉大のボイコット決議」もまた、『守礼の光』の短所をついていたといえよう。

そのように、『守礼の光』は、発刊して一年ほどたったころから、疑問の声が寄せられるようにもなってもいくが、そのような声をあえて紙面に出していったということでは、雑誌の編集方針にそれだけ自信があったということでもあろう。

『守礼の光』に寄せられた声には「『守礼の光』のおかげで、日ごろ偏見をいだきがちの米軍に対して公正な見方をすることができ、この緊迫した国際情勢下にあって米軍基地のありがたさも理解できるようになりました」といったのがあり、編集部は、それに答えて「世界の各地で起こりつつある危険な状態、特に西太平洋地域における実情を報告するのも、『守礼の光』の使命の一つと考えています。韓国、ラオス、ベトナム、インドなどアジアの友邦が最近共産軍の進入に苦しんでいるのを見ると、米軍が琉球に駐在することがいかにたいせつであるかがわかりましょう。米軍は、どんな危険に追いつめられても、砂に頭を突っ込んで隠れるダチョウのようなばかげたまねはしません」と答えていて、『守礼の光』の編集方針を鮮明にしていた。そしてそのような編集方針に、賞賛の声が多く寄せられたといっていいだろうが、『守礼の光』が、多くの人たちに迎えいれられたのは、「米軍が琉球に駐在することがいかにたいせつであるか」を教えてくれる雑誌であったことだけによるのではなかろう。

一つには、表紙をはじめ紙面のほとんどを埋めている写真に、見知っている人たちの働く姿や島々の風景、伝統的な工芸品の種々が写し出されているのを見る楽しみがあったことにもよるだろうし、沖縄の偉人伝や昔話をかざった絵など、人々を引きつけたにちがいない。

そしてあと一つには、アメリカ各州の紹介記事およびアメリカの大学案内などに、若者たちの夢を膨らますようなものがあったことにもよっていよう。英会話教室の開設とともに、若い読者の夢をかき立てるものがあったのである。

『守礼の光』の発行部数は、九万部（一一四号）。信じられない数の発行部数は、もちろん情宣活動のためであったが、それと同時に、若い人たちにアメリカへの夢というのを運んできたようにもみえる。

II 談叢編

沖縄の風景
――想像された風景・回顧された風景

ハーマン・メルヴィルとハート・クレーンの研究者だといわれるワーナー・バースオフという方の「沖縄の思い出 1945〜46」（比嘉美代子訳、『琉球新報』連載8　二〇〇二年一月二九日付）を読んでいて、次のような文章に出会いました。

決して忘れることができないばかりか、今も鮮明に記憶に留めているのは、四六年のある夏の日に船上から眺めた沖縄の自然の比類なき美しさである。僕は那覇港から出る小さな船で島の周囲を巡ったが、文字通り沖縄の自然の美しさに圧倒された。

長期的米国軍隊の駐留、急速な近代化とそれに伴う経済拡張などで、沖縄の自然の美しさが破壊されることがないよう祈らずにはいられない。

ワーナー・バースオフが、沖縄を離れたのは「四六年の夏」。沖縄に足を踏み入れて以来、沖縄に関心を寄せ続け、「沖縄の人々の幸運を祈り、少しでもそのお役に立てるよう頑張ってきた」ばかりでなく、「帰国後は、アメリカ軍隊の継続的駐留がもたらす沖縄の悲劇的歴史に思いを馳せ、ときに困惑し、胸中が苦しくなることも」あった、という誠実さのよく表れた回顧のあとに続く、右の文章を読んで、びっくりしました。

なぜ、びっくりしたかといいますと、ワーナー・バースオフがこの短いセンテンスのなかで「沖縄の自然の比類なき美しさ」「沖縄の自然の美しさ」「沖縄の自然の美しさ」と繰り返し書いているその景色を眼にしているのが、他でもなく一九四六年現在の風景であったということです。

沖縄は、よく知られていますように、地上戦の行われたところであります。一九四五年三月二六日慶良間諸島に来襲、四月一日本島中部西岸に上陸、六月二三日日本軍の組織的戦闘が終息するまでの八十日余の戦いで、沖縄は、それこそ地上のすべてが吹き飛ばされたといわれていますし、終戦直後の沖縄に触れて書かれた文章の多くが、そのことについて触れています。

一九年一〇月一〇日の大空襲で、一日にして灰燼に帰した那覇市は、さらに砲弾をぶちこまれて、瓦礫の死の街と化していた。ふと東の方を向くと、見おぼえもない白い低い雪におおわれたような丘があった。私は自分の眼を疑った。緑におおわれて静かだった旧都首里の変貌した姿であった。天文学的数量の砲弾をぶちこまれて、首里城は吹っ飛ばされ、樹木は薙ぎ倒され、岩はうち砕かれて白い粉を吹いて、まるで雪におおわれているように、真白く見えているのであった。

世界の人々が、沖縄戦のこの惨状を見とどけるまでは、木よ伸びるな、草よ茂るなと、私は、さけんだ。

仲宗根政善の『石に刻む』に収められたエッセーにみられる一文です。

仲宗根には、砲弾を打ち込まれて「岩はうち砕かれて白い粉を吹いて、まるで雪におおわれているように、真白く見えている」その光景がたいそう強烈なものに写ったのでしょう。「沖縄戦かく戦えりと世の人の知るまで真白なる丘に木よ生えるな草よ繁るな」といった歌も残しています。そしてそれは、敗戦直後の沖縄について歌った典型的な一首だったといっていいでしょう。

仲宗根政善は、「ひめゆり学徒隊」を引率した教員の一人、戦後ひめゆり学徒たちの手記を集め『沖縄の悲劇――ひめゆりの塔をめぐる人々の手記』を刊行した、まさしく「沖縄の悲劇」を体験なされた方のお一人で、そのような人の書かれた文章や歌を眼にしていたものには、ワーナー・バースオフの文章は、不思議に思われたばかりか、びっくりせざるを得ないものでありました。

言ってみますと、敗戦直後の、荒廃した沖縄の自然のどこが比類のない美しさに輝いていたのか、といったある種の怒りを覚えさせるものでもあったわけでありますが、冷静に考えてみますと、戦火の及んでなかった地域は確かにワーナー・バースオフのいう通りであったといえるでしょう。そしてそのことは、沖縄が、本当に美しい島であったということを証していたかに思えます。

敗戦直後の沖縄を、船上から眺めたワーナー・バースオフは、沖縄の自然の美しさを比類ないものと讃えていましたが、どのような自然が彼の目の前には広がっていたのでしょうか。ワーナーの文章からそれを窺うことは出来ませんが、それは、次の様なものではなかったでしょうか。

1、海上から見ると同島の海岸は緑で美しく、極めて鮮やかな緑色の森や畑があって様々の色を呈していた。雨のためにその風景の色彩は輝きを増し、それは私の心に極めて豊かなイギリスの風景を思い出させた。

2、最後の二日間は烈しい大強風が吹いた。だがその風も鎮まって、私達は珊瑚礁を越えて碇泊所へ入ることが出来た。それは夜明け頃に済んでしまったので、私は眠っていて、何も知らなかった。私は甲板へ出た。すると海岸は忽然として、もう仕上げの済んだ完全な絵となり、思うがままに切り刻んだ美しい線となりあらゆる魅惑的なデテールを持ち、色と光に包まれて見えるのであった。

1は、ペルリ提督『日本遠征記』に見られるもので、沖縄に向かうサスクエハンナ号に中国で乗り組んだ有名な旅行家バヤード・テイラーの手記からの引用、2は、ゴンチャロフの『日本渡航記』に見られるものであります。

テイラーのは一八五三年、ゴンチャロフのが翌一八五四年、沖縄に来航した際の見聞を書いたものでありますが、ワーナー・バースオフが船上から見た景色も、テイラーやゴンチャロフのみた景色と大差ないものであったといっていいのではないでしょうか。

沖縄に来航してきたものたちの眼に映った沖縄の自然は、そのように比類のない美しさに輝いたものであったわけですが、では、沖縄の人たちに、沖縄の自然はどのように写っていたのでしょうか。彼らは、自然とどのように対したのでしょうか。また彼らは、そこに何をみたのでしょうか。それを知る上での最もいい方法はといえば、他でもなく、沖縄の作家たちが書き残した文章を見ていくことでしょう。

3、おそろしく荒れた暴風雨《あらし》はやんだ。――

急にあたりのようすが、深い谷底のように沈んでしまった。海岸には檣《ほばしら》の折れた山原船が一艘、あさせにのりあげて、その赤く塗ッた船尾の板が真ッ二つにわれたまゝ傾いていた。真ッ白な貝がらのちらばッている砂浜には、こわれた雲丹《うに》の殻、死んだ赤蟹の甲、いそぎんちゃくの屍などが飴色の藻草にからまッて、あちらこちらにさんをみだしていた。そこには難破船をとりかこんで人がいッぱいであった。それらのすべてをてらしている太陽の色は、ちょうど灯油《ともしあぶら》のような冬らしい弱い光の波を、うすい浅黄の空いちめんにたゞよわせていた。

嵐のやんだ海のおもては、却《かえ》ッて濃い藍青に凪いで、しずかに白い海鳥の群がひくゝ波の上をとんでいた。はるかあなたには、海と空の色がおだやかにとけこんでいる。

二日のあいだというものは、夜も昼も、やすみなく嵐と雨がいりみだれて叫び狂った。そうしてやんだのが三日目の朝である。ちょうど黄いろな芭蕉の帷子《かたびら》が藍縞の単衣《ひとえ》に更《かわ》ッて間もない旧暦十一月のはじめ、島でも朝晩はうすらさむい頃である。
　海に近い、さびしい南国のN町は、そのしずんだ空気の裡《うち》に琉球特有の潮風にふきさされた、梯梧《でいご》だの、ゆうなだの、割合に薄ッぺらな木の葉は土器《かわらけ》色にちゞこまッて、まだ薄黒く湿りをおびた裸の幹がならんだ。それでも、福木、がじまる、蘆薈《アロエ》、棕櫚、檳榔《びんろう》といッたような、亜熱帯植物の、くらい緑青《あおみ》をおびた陶器みたいな厚ぼッたい葉は、枯れないかわりに、うすじろく塩をふいていた。

（山城正忠「九年母」『ホトトギス』一九一一年）

4、榕樹《がじまる》、ピンギ、梯梧《でいご》、福木《ふくぎ》などの亜熱帯植物が亭々と聳え、鬱蒼と茂り合った蔭に群がった一部落。家々の周囲には竹やレークの生籬が廻らしてある。その家が低い茅葺で、穢《むさくる》しい事は云う迄もない。朝、男達が芋や網を持って田圃へ出掛けて行くと、女達は涼しい樹蔭に筵を敷いて、悠長で而かも一種哀調を帯びた琉球の俗謡を謡いながら帽子を編む。草履を作る。夕暮になって男達が田圃から帰って来ると、その妻や娘達が、捕って来た蛙や鮒を売りに市場へ行く。それをいくらかの金銭に代えて、何か肴と一合ばかりの泡盛を買って、女達はハブに咬まれないように炬火《たいまつ》を点《とぼ》して帰って来る。男達は嬉しそうにそれを迎えて、乏しい晩飯を済ますと、横になって、静かに泡盛を啜《すす》る。

（池宮城積宝「奥間巡査」『解放』一九二二年）

3は、山城正忠の「九年母」からの引用、4は、池宮城積宝の「奥間巡査」からの引用であります。

山城、池宮城の名前が出たついでに、ここで、沖縄の文学について、簡単に紹介しておきたいと思います。岩波の『日本文学史』第十五巻をのぞかれたかたはお気づきになったかと思いますが、第十五巻の表題は「琉球文学、沖縄の文学」といった表題になっています。なぜそのような表題になったかといいますと、沖縄の文学は、大きく琉球方言で表現された作品、「琉球文学」と共通語で表現された作品、「沖縄の文学」とに分けられるからであります。沖縄が日本の一県になったのが明治一二年、一八七九年。いわゆる琉球処分・首里城明け渡しによって沖縄は琉球王国から日本の一県へと大きく変わっていくことになりますが、それはまた方言表現から共通語表現への移行という表現言語の転換をもたらさざるをえないものでありました。

そこで琉球処分以前の方言表現になるおもろ、琉歌、組踊り、歌劇等の作品群を指して「琉球文学」、処分以後の共通語表現になる作品群をさして「沖縄の文学」として区分しているわけであります。

「琉球文学」についての説明は割愛させていただきますが、ここで、共通語表現になる小説作品の初発、すなわち「沖縄の文学」の出発を誰の作品に求めるかという問題がでてくることになります。沖縄文学の出発をめぐる論議はたぶんこれから始まっていくのではないかと思われますが、今のところは、山城正忠の「九年母」を沖縄近代小説の出発点にすえる考え方がとられています。

正忠の作品は、中央文壇で初めて大きな話題を呼んだ沖縄の作家の小説でもありました。作品の時代背景は、日清戦争期、作品内容は、沖縄を救援するために中国の黄色艦隊がくることになっているが、その派遣費が必要だというので、中国派の領袖を巻き込んで金を集めた小学校の校長が、詐欺のかどで逮捕されるとともに、中国派の領袖も世の嘲笑の的になってしまうというものです。それだけでは、分りにくいかと思われますが、処分前の琉球王国は日清両属といった形態をとっていたため、日清戦争期まで、沖縄では中国派と日本派とに別れて、まだ争っていたということがあったのです。

「九年母」が、中央文壇で好評をもって迎えられたのは、その内容にあったのではなく、「ローカル・カラー」がよく現れているという点にありました。それは引用した文章からでもある程度おわかりいただけるかと思いますが、あと一点、会話の部分に、琉球方言を取り入れていたということもありました。亜熱帯植物の繁茂する風景とともに、そこに住む人々の言葉が巧みに取り入れられ、一段と地方色を引き立てて評価の高かった作品でありますが、沖縄の読者にはあまり受けたようにはみえません。とりわけ、その方言使用が槍玉にあげられました。

明治期を代表する「沖縄の文学」ということになれば、やはり正忠の「九年母」をあげることになるのでしょうが、大正期を代表する作品といえば、間違いなく池宮城積宝の「奥間巡査」をあげなければならないでしょう。

「奥間巡査」は、一九二二年『解放』に掲載された作品。奥間百歳という貧しい村の男が、巡査になるが、他府県出身者の多い職場では異邦人視され、村人からは疎外され、慰安を求めて遊郭に上ったところ、そこで働く女に引かれ、結婚を約束、朝彼女の所から帰る途中、不審な男を見付け連行、上司は彼の初手柄を喜ぶとともに尋問の結果、男には妹がいるので、妹を連行してくるようにと命じられるが、その妹が、実は彼が結婚を約束した女であったことで彼は憤怒で狂ってしまうというものです。行き場を失ってしまった男の悲劇を描いたものでした。沖縄の近代化過程で、新しい時代に目覚めたものたちの遭遇せざるを得なかった問題を描き出したものです。

明治・大正期を代表する沖縄の小説に描きだされた自然は、まず猛威を振るう自然でありました。沖縄が「台風銀座」と呼ばれるようになるのは、いつごろからか、よくわかりませんが、「台風」は、沖縄の風景を彩るものとして、近代小説の初発を飾った作品から登場していたのです。そしてそれは、小浜清志の秀作「風の河」を生むことになっていきます。

「九年母」の「台風」は、沖縄の帰属が問われて人心をこの上なく動揺させた時代をよく彩っていたともいえるものでした。また、「亜熱帯植物が亭々と聳え、鬱蒼と茂り合った」「奥間巡査」の自然は、台風から貧しい村を守るためのものとしてあるとともに、時代に取り残された村の様子を指し示す形にもなっていました。

小説の背景をなす自然描写は、そのように人心の動揺や、村の貧しさを指し示すかのようにして描き出されていたといっていいかと思いますが、では昭和戦前期の作家は、沖縄の自然をどのような形で描いていたのでしょうか。

5、夏、琉球の片田舎を旅行する人々には楽しい情景の一つだが、琉球の百姓だちはよく垣根の下の道路の上に莫蓙を持ち出してお茶を飲んでいる。日中の屋内は堪らないからである。榕樹や福木の鬱蒼と茂り立った垣根のビルジングとビルジングの間は、そこだけに風が生き残っているかのように、時々微風が肌を撫でて通る。百姓だちはそこで肌脱ぎになって殆ど半裸体の姿でお茶をのんでいるのである。中には褌一本で寝転がっているのも珍しくない。女だちは偉大な若しくは干からびて乾魚のようになった乳房をぶら下げて芭蕉糸など紡いでいるが、流石に娘だちだけはたとえ肌脱ぎになっても、着物の袖と袖とを乳房の上でぎゅっと結びつけ、僅かに肩先だけを覗かせているに過ぎない。彼女だちは大抵真白な顔をしてパナマ帽を編んでいる。この垣根の下の休息は殆どあらゆる家の昼食後の日課になっているので、その時刻に道を通る村人だちは五町も行くうちには何べんとなく立ち止まって挨拶をしなければならない。

（與儀正昌「顚末」『文学界』一九三五年）

6、時々青空が見えた。綿屑の様な白い雲がキラキラと光を放って、足の速い雨雲の裂け目に姿を現す事があった。こんな日には東の海（太平洋）から西の海（東支那海）へ、屹度一群の渡り鳥が鳴いて飛んで行った。そして、さわさわと、乾燥した甘蔗の葉の波音さえ聞こえて来るのだった。家の中には蒸し暑い上に蝿がどっと出て、鍋や釜の上から、内職の帽子編みをしている父の背中迄、黒々と止まっていた。母は木蔭へ盥を持ち出して洗濯にかかった。母の目の前で、飛石からも、その上で寝ている鶏からも、ゆらゆらと陽炎が立ち上っていた。

（石野径一郎「梅雨季前後」『作家群』一九三五年）

５は、一九三五年、川端康成の推薦で『文学界』に発表された與儀正昌の「顚末」にみられるものです。「顚末」は、村に入った山師にだまされ、地位も財産も失ったばかりか、「癩」に冒され自殺してしまう男を描いたものであります。降って沸いたような鉱山の話が、今まで眠っていたような村を騒乱に巻き込んでいくそのさまは、いわゆる資本主義の暴力とでもいえるさまを、まざまざと映し出していたといっていいでしょうが、ここに描き出されている自然は、まだその暴力に曝される以前のものであります。それは、侵入される自然というかたちでもありました。

６も同じく一九三五年『作家群』に発表された石野径一郎「梅雨季前後」からの引用であります。首里から田舎に都落ちした一家の少年が、再度首里へ登りたい（移り住みたい）と考えている一家の期待を担って、勉学のため田舎を出ていくというものです。貧しい田舎の風景がそこには、描かれていたわけですが、それは、見捨てられていく風景といったかたちで描かれていたといっていいでしょう。

もちろん、そのような風景は、単に貧しさや、見捨てられていく風景としてあっただけではなく、故郷を離れていったものたちに懐郷の情を沸き立たせてくれるものであったことも、これまた宮城聰の「故郷は地球」といったような「出郷小説」の幾つかに見られるものです。

明治・大正・昭和戦前期の小説に描かれたそのような自然は、これまた外来者たちにとってこの上なく美しいものとして写ったのですが、その多くは、沖縄戦によって大きく変わってしまいました。しかし、海上から見る風景は、最初に紹介いたしましたように、まだ美しいものがあったわけですが、それもそのままというわけにはいきませんでした。

7、孫氏は、未亡人らしい中年のメイドを通いで使って、ひとりで住んでいた。官製の基地住宅《ベースハウジング》でなく、この三年ほど前から沖縄の企業家たちが争って建てた外人向け貸し住宅地帯のひとつであった。五百棟ほどもあろうか、丘陵にはいあがる形に建ちならび、業者が思い思いに塗った壁の色はとりどりで、塗料をいくら塗っても中身のコンクリートの地肌がのぞける感じが、遠くからながめると索漠たるものを帯びているが、車をいれてしだいに登っていくと、それがむしろ部落の柵がないこととあいまって、基地住宅と違ったリベラルな雰囲気をおしだしていた。孫氏のハウスは、そのずっと上のほうにあり、車をおりてふりむくと、真青な海のひろがりと海沿いにひと筋白くよこたわるハイウェイとが、油絵のように眼に痛かった。

（大城立裕「カクテル・パーティー」『新沖縄文学』一九六七年二月）

8、いなかの炊煙でまっくろになった蝿帳やたんすや、垢よごれた布団蚊帳をトラックにつんで、明ら昼の軍用道路を走って、町へ移動してきた時には、ぼくは気恥ずかしくてならなかったなあ。なきわらいの時のようなおかしさと悲しさがあったよ。飛行機の発着もできるように作った、と皮肉られた軍用道路をアメリカ女が運転する乗用車が走っていたし、島の人たちをつめこんだバスも通っていた。

道路の両側には、横文字の看板が並んで、スーベニア・ショップだとか、レストランだとか、ホテルだとか…道路には音楽が流されて、兵隊たちが歩きながら手舞い、足舞いしていたよ。

（東峰夫「オキナワの少年」『文学界』一九七一年一二月）

9、赤、青、緑色、種々の色のネオン看板、タテ、ヨコ、ナナメ書きのネオンの看板がしきりに点滅している。歩道の敷石にもそれらの色彩はぼんやり落ちている。等間隔に植えられたシュロの黒い葉陰が静止しているのになかなか気づかない。タクシーや高級外車がぎっしり駐車している。

（又吉栄喜「ジョージが射殺した猪」『文学界』一九七八年三月）

7は、大城立裕「カクテル・パーティー」、8は東峰夫「オキナワの少年」、9は、又吉栄喜「ジョージが射殺した猪」に見られるものです。大城の「官製の基地住宅《ベースハウジング》」「外人向け貸し住宅地帯」、東の「軍用道路」「横文字の看板」、又吉の「高級外車がぎっしり駐車している」風景は、他でもなく、戦後沖縄の風景であります。

沖縄の風景が、大きく変わってしまったのは、他でもなく、アメリカ軍の進駐によって、沖縄の基地化が進んだことによるものでありますが、しかし、戦後の沖縄の大きな変化は基地によるばかりではありません。

10、少年時代の思い出をたどりながら大井川橋から出発して長浜までやって来た。
わずか五、六〇年の間に、今帰仁の海はいちじるしく浅くなった。入江が干潟になり、干潟から潮が後方へひくにつれて、村人たちは次第に海に遠ざかり、ついに海を忘れてしまった。今帰仁は、もっと海を深く抱きかかえていたのである。（中略）
山についてはふれなかったが、宿道の沿線にヤマアジマーがあることによって察知出来るように山をもっと近くに感じ、山に親しみ山を愛し山をほこっていた。（中略）
遺憾ながら、今帰仁の自然は美しくなったとはいえない。松並木はほとんど枯れてしまった。しかしそれでも沖縄でもっとも美しい自然に恵まれた村である。
近時、自然環境の破壊が急速に進んでいる。これから五〇年後の変化は予測もしがたい。静かなイノーにも公害が及び、長く生きつづけてきた無数の生物も死の恐怖におののいている。海ばかりではない。山も丘も野も。
東長浜貝塚は土地ブローカーによって無惨に破壊された。一坪の米軍基地もないと誇っていた今帰仁は、本土資本のあらたな「鉄の暴風」にさらされている。自然の調和は乱されつつあり、教育公害は広がりつつある。

（仲宗根政善「わが故郷今帰仁」『今帰仁村史』一九七五年、『石に刻む』一九八三年）

沖縄の自然が、この半世紀でいかに変わってしまったか、そしてそれがなにゆえにそうなったかが、見事に活写されているかと思われますが、沖縄の自然は今、米軍基地や土地ブローカー、そして自然との触れ合いを大切にしない教育によってだけでなく、沖縄振興という名の政府の「恩典」によって、見るも無惨な姿になりつつあります。

「沖縄の思い出 1945～46」を書かれたワーナー・バースオフも「長期的米国軍隊の駐留、急速な近代化とそれに伴う経済拡張などで、沖縄の自然の美しさが破壊されることがないよう祈らずにはいられない」と書いていましたが、沖縄の自然の消失に心を痛めないものはいないのではないでしょうか。

ご静聴ありがとうございました。

＊本稿は、「想像された風景・回顧された風景」のテーマで、二〇〇四年、ワシントン大学で開催された学会で話したのに手を入れたものである。(『LANDSCAPES　Imagined and Remembered』volume6 Summer 2005) 所収。

海と近代沖縄文学

「海と近代沖縄文学」というのが、私に与えられたテーマであります。そこで、まず「沖縄近代文学」についての規定ということになりますが、ここでは、明治以後大正、昭和戦前までの、いわゆる「日本語・標準語」で表現された文学の総称だということにしておきます。明治、大正、昭和戦前の文学と言いましても、ここでは短歌、詩、俳句等の表現をはずし、もっぱら小説に焦点をしぼって、見ていきたいと思っています。

沖縄近代文学のテキスト

そこで、明治、大正、昭和戦前期の作品ということになりますが、現在求めることのできるテキストとしては、『沖縄近代文芸作品集』（新沖縄文学別冊91、一九九一年一月、沖縄タイムス社）、『沖縄文学全集　第6巻　小説1』（一九九三年三月　海風社）があります。この二冊は、沖縄の明治、大正、昭和戦前期の小説作品を集成した版になっていて、「沖縄の近代小説」を見ていく上で大層便利なものです。この二冊に収録されている作品だけを対象にして論じていくということも可能ですが、この二冊のいずれにも収録されていない大切な作品を収録しているものに、岡本恵徳さんが責任編集者になって編んだ「ふるさと文学館　第54巻」（一九九四年九月　ぎょうせい）がありますので、都合この三冊を、ここではテキストにしていきたいと思っています。

沖縄の近代文学及びそのテキストについては、それでいいのですが、「海と近代沖縄文学」の「海と」というのは、どう考えればいいのでしょうか。

海をテーマにした近代沖縄文学

それは、言うまでもなく、海をテーマにした近代沖縄文学のことだと、お考えになっているのではないでしょうか。沖縄の近代小説のなかに、ヘミングウェイの「老人と海」、あるいはハーマン・メルビルの「白鯨」のような作品や葉山嘉樹の「海に生きる人々」、小林多喜二の「蟹工船」のような作品があって、そのような海を舞台にした作品について、話されるのではないかと、思っていらっしゃるのではないかと思っています。

私も、そのような作品を探し出してきて、紹介してみたいと、意気込んでいたのですが、先に挙げた作品集にも、また、その他私の見ることのできた作品にも、海で暮らす、といいますか、海と直接関わって生活している人物を描いた作品を見つけ出すことはできませんでした。

これは、考えてみると不思議なことに思われます。何故なら、小さな島で、周囲を海に囲まれ、ちょっと目をあげれば、海が飛び込んでくるといった環境にあること、漁村が点在していて、海で生活している人々が、身近にいるといったようなこと、また古い話では安里延が「南洋群島の話」

のなかで「察度が海外貿易をはじめてから、薩摩の軍が沖縄に攻め寄せた慶長の役に至るまでの室町時代の二百数十年間は、沖縄にとっては、恵まれた時代でありました。その貿易船は、毎年ひっきりなしに支那、南洋の国々を訪れ、堺、博多、朝鮮にも進みその通商航海の地域は、安南、タイ、バタニ、スマトラ、ジャワ、マラッカ、フイリピン、朝鮮、支那と、殆ど東南アジアの全体にわたりました」（安里延「南洋群島の話」一九四二年九月　学習社）と書いていたように、広大な海を天翔た王国時代の人々の暮らしを支えた壮大な貿易の歴史がありました。また、近い時代の話では、金子光晴が、昭和三年から七年にかけての旅について書いた「マレー蘭印紀行」（一九四〇年一〇月　山雅房）の「海を見ようと思って私が早朝、事務所へ下りてゆくと、うすい下シャツ一枚に汚れた白ズボンを穿いた男をかこんで、事務所の人達が話を聞いていた。琉球人の漁夫で、シンガポール沖合の、こゝから二里ばかりのところで舟がこわれ、泳いできたのだと云っていた。疲れないのかと傍からたずねると、陸を歩くとかわらぬと答えた。鱶が多いから怖ろしくないかときけば、鱶は怖ろしくないが、海の底を歩いているとき、うっかり足をシャコに挟まれたら大変だ。足を切り落さなければ助からないと語った。マカオの沖で難破したとき、十日間漂流して支那の海岸に着き、人の住まない海べりを猶五日もあるいたときのことを話した。そのとき、自分の着物の襟垢をなめてしのぎながら、これほどうまいものはないとおもったという。シャコの話から、漁夫は、自分で採集した大きなシャコ――貝釦にする――が二百個ほど、シンガポールの住居においてあるが、安い値でひきとって貰えまいかと交渉をきりだした。支配人は、個人としてそんなものを買う気はないし、事務所としても引き取るわけにはいかないといって拒絶した」といった、故郷を離れ、海を生活の場としていた沖縄の人たちが数多くいたのです。

さらに身近な海についてなら、次のような文章もありました。

渚のあさぎいろからだんだん色をこくし、紺青に深くよどんだプナウキーに、私たちの子供のころまでは、山原船が二、三そうも浮かんでいた。へさきの船の白い目玉や、甲板の上に立つ赤褌のプナトー（船員）の影が、静かなコバルト色の波間に映っていた。透き通る海底には色あざやかな熱帯魚がむれていて、少年たちは、ぐるぐる船のまわりを泳ぎ回った。（仲宗根政善「わが故郷　今帰仁」「ふるさと文学館」）

仲宗根政善「わが故郷　今帰仁」にみられる一節です。

海と関わって書かれた文章なら、そのように、たちどころに多くの例をあげることができるのではないかと思うのですが、歴史に材をとった海を舞台にした小説、海外の海を生活の場にしている漁夫を扱った小説、或いは、日常品を運んできて商いをしている山原船の船員たちを取り上げて書いた小説など、見当たらないのです。

なぜ、そのような、海を舞台にした小説がないのでしょうか。これは、大きな疑問であります。

近代沖縄文学にみられる海

安里延や金子光晴、さらには仲宗根政善の文章にみられるように、沖縄の人々は海と関わり合いのある生活が営まれていたにも関わらず、海を舞台にした近代の小説を見つけることができなったのです。

作品を見つけることができなかっただけではなく、何故、近代沖縄の小説には、海を舞台にした小説がないのか、という疑問にたいする明快な答えを準備することもできそうにありませんでしたので、「海と近代沖縄文学」については話せませんと、おことわりしようかとも思ったのです。しかし、それも失礼にあたるかと思いまして、再度、三冊の近代文学集成を読みなおして見たのです。そこで、思いついたのは、「海と近代沖縄文学」を、「近代沖縄文学にみられる海」あるいは「近代沖縄文学は、海をどのように描いていたか」ということにすれば、なんとかなりそうだということでした。誠に、苦肉の一策だといってもいいのですが、それで、本日は、切り抜けたいと思っています。

前置きが大分長くなりましたが、「海と近代沖縄文学」を「近代沖縄文学にみられる海」あるいは「近代沖縄文学はどう海を描いていたか」といったようなことにして、本題に入っていきたいと思います。

「九年母」にみる海

沖縄の近代小説は、山城正忠の「九年母」からはじまるとされています。「九年母」は、一九一一（明治四四）年二月『ホトトギス』という雑誌に掲載されたもので、当時の論壇を賑わせた作品でありました。当時「九年母」の何が話題になったかと言った点については、割愛しますが、そこに「海」は、次のように描かれていました。

おそろしく荒れた暴風雨はやんだ。――

急にあたりのようすが、深い谷底のように沈んでしまった。海岸には帆柱の折れた山原船が一艘、あさせにのりあげて、その赤く塗った船尾の板が真っ二つに割れたまま傾いていた。真っ白な貝殻のちらばっている砂浜には、こわれた雲丹の殻、死んだ赤蟹の甲、いそぎんちゃくの屍などが飴色の藻草にからまって、あちらこちらにさんをみだしていた。そこには難破船をとりかこんで人がいっぱいであった。それらを照らしている太陽の色は、ちょうど灯《ともし》油《あぶら》のような冬らしい弱い光の波を、うすい浅黄の空いちめんにただよわせていた。

嵐のやんだ海のおもては、かえって濃い藍青に凪いで、しずかに白い海鳥の群れがひくく波の上をとんでいた。はるかあなたには、海と空の色がおだやかにとけこんでいる。

「九年母」は、そのように嵐の後の海の様子を描いた場面から始まっていました。

これは、実に大きな意味を持っている、と思わないわけにはいかないものでした。といいますのは、この作品が、明治二七年「日清両国が戦争を始めたという噂が伝わり、八月一日には宣戦の詔勅が下った」時期を背景にしていて、沖縄の人心が、中国派と日本派に別れて相争うなかで、大きな事件が起こったことを書いたものだったからです。

事件といいますのは、宮崎出身の校長が、中国派の領袖に、「支那への軍用金を出させる事にして、其金をばみんな自分が着服した」ということで、「詐欺取財の嫌疑で縛（なわめ）」につき、「控訴されて長崎に送られた」というものです。

沖縄の人々は、日清戦争期まで、帰属すべき国が清国かヤマトかはっきりせず、日清戦争が勃発すると、清国派と日本派にわかれ相争い、清国派は、今に清国から「黄色軍艦」が沖縄を救いに来るということを信じていて、李鴻章の密使を名乗る男に軍用金をだまし取られるという事件「山の城事件」がおこっているのですが、「九年母」は、その事件を取り入れて書かれていたのです。

そのような、動乱が起こっていく前触れのように、作品は、颱風で荒れ果てた浜辺の光景から始めていた、といえるのです。

作品の背景をなす風景が、作品と大きく関わるものであることは、よく知られていることですし、その意味で風景は、象徴的な意味を担わされているといって過言ではないでしょう。

そしてあと一つ。颱風による被害を描くのに、必ずしも浜辺、海辺の光景を描く必要はないということです。「九年母」は、颱風を海と結びつけたということでも一つの意味をもつものとなっていたといえるのではないかと思います。

「海岸には帆柱の折れた山原船が一艘、あさせにのりあげて、その赤く塗った船尾の板が真っ二つに割れたまま傾いていた」というのは、せまい意味では、海で暮らしている人々に支障をもたらすことを意味するものですが、広い意味では、他の島々、国々との往還が不能になってしまうということから、海が閉じられてしまうことを意味する、ととれるものでもあったのです。

「戯曲　ペルリの船」にみる海

近代沖縄文学の初発を告げた作品は、そのように嵐のあとの浜辺に打ち上げられた、「難破船」を描くことから始まっていて、それは「海が閉じられてしまうことを意味するものであった」と読めないわけでもないといいましたが、次の作品には、逆に、開かれた海とでもいえるようなかたちで海の場面が出てきます。

場所　古き支那と、日本の両国の哀れなる混血児のごとき琉球国那覇港の海岸。

時代　尚育王世代

初夏。亜熱帯の恐ろしく明るい此の国には稀に見る憂鬱の日の黄昏。

舞台　珊瑚礁より成る海岸の一部。正面は広き海、水平線に二三の島嶼夢の如く浮かぶ。沖にはペルリが率いる黒き亜米利加船三隻一列に並べり。その船腹の異様な光、高きマスト、大いなる船体、殊に着港の時発したる砲声、青き深海灯の光など、未だ文明の空気に触れざりし未開の琉球人の眼には、殆どそれが何者なるかを解し得ず、只恐ろしく、只不思議に見えしなり。

上手は海岸より続ける丘、その上に倉庫の如く、遠方より見れば、洋館の並べる町の如き、此の国特有の白き壙墓見ゆ。即ち丘上は墓場にして、其の後方には、舞台に見えざれど暗き、憂鬱なる色街あり。

下手に亜熱帯植物、福木、亜旦葉等の茂れる陰より、小さき港の入口見ゆ。

一隻の船影もなし。かすかに残る赤き夕焼け色と、波の音。

「九年母」の発表された年、一九一一（明治四四）年八月『沖縄毎日新聞』に発表され、翌年二月『三田文学』に転載された、上間正雄の「戯曲　ペルリの船（一幕）」のト書きであります。

那覇港へ、ペルリの船が姿を現したのは、一八五三年。琉球王府はその対応に苦心しているのですが、上間の「ペルリの船」は、ペルリの一行の動向や首里王府の対応等には目もくれず、ペルリの船に乗り込んで、世界を見て回りたいと思う、青年の懊悩を描き出したものでありました。

そこに見られる海は、ペルリ艦隊の三隻を浮かべている海でありました。その海は、他でもなく、新しい文明をもたらす場として、捉えられていたといって過言ではありません。そこには、開かれた海があった、といっていいでしょう。

青年が乗り込もうとしたのも、その開かれた海に乗り出し、新しい世界を見たいと思ったためであったわけですが、しかし、その青年の行動は、国の法に触れるものであり、役所に、訴えなければならないという男が登場、青年と男との格闘になり、青年の打ち所が悪く、男が死亡、青年の夢はあっけなく消えてしまうというものです。

「ペルリの船」に見られる海は、その後ろに、「墓場」さらにその後方に「色街」を配していました。それは、那覇港付近の実景にほぼ添ったものであるように見えますが、作品は、必ずしも実景にそう必要などないはずです。

そう考えますと、海の後ろに墓場、そして色街を配しているのには、それなりの意味があってのことに違いないと思わざるを得ません。

そうしますと、どう読めるかということになりますが、海は、さきほど申し上げました通り、ペルリの船を浮かべているということで、新しい時代を伝えてくれる場として、そして墓場、色街は、伝統と深く結びついた場として取り出されていた、と言えそうです。さらに具体的に言いますと、新時代と旧時代とを表すものとしてそれらは並べられていたのではないかということです。青年には、新時代と旧時代のどちらにも惹かれるものがあって、その間で引き裂かれている、そのありようを象徴するものであった、というようにもとれるのです。

いずれにせよ、「ペルリの船」に見られる海は、新しい時代を運んでくる場として捉えられていたことは、まず間違いありません。

「奥間巡査」にみる「海」

何となく、生きて居る事がものうくてやり切れないと云う感じを感じるともなく、感じていた。こんな気持ちに倦み切って居た或晩、彼は鹿児島生まれの同僚の一人に誘われて、海岸へ散歩に出た。

珊瑚礁から成って居る此の島の海岸の夜色は其処に長く住んで居る者にも美しい感じを与えた。巌が彼方此方に削り立って居るが、波に噛まれた深い凹みは真暗に陰って居た。渚に寄せて来る波がしらが、ドッと砕ける様が蒼い月光の下に仄白く見えた。何処か丘のあたりや、磯辺で歌っている遊女の哀婉の調を帯びた恋歌の声が水のように、流れてきた。

先に、明治期に書かれた作品に見られる「海」を、同年に発表されていた二つの作品で見てきましたが、右に引用したのは、大正期を代表する池宮城積宝の「奥間巡査」に見られる「海」の描写であります。

「奥間巡査」は、『解放』の懸賞募集に応募して入選した作品で、一九二二(大正一一)年一〇月、同誌に掲載された作品であります。

簡単に粗筋を紹介しておきますと、村で初めて巡査になった奥間百歳が、他府県出身者の占める職場では異邦人視され、また村人からは疎外され、居所を失っていくなかで、遊郭で知り合った女の優しさに惹かれ、結婚を申し出ての帰り、不審者を捉え、巡査としての初手柄を挙げるが、百歳が掴まえた不審者は、結婚を申し込んだ女の兄弟だということを知り、絶望するというものです。

海の描写は、百歳が、遊郭に入り浸るようになる直前の八方ふさがりの状態にある場面で出てくるものです。

百歳は、それまで「何となく、生きて居る事がものうくてやり切れないと云う感じを感じるともなく、感じていた」のですが、遊郭の女と出会って、夢中になっていきます。女に出会って、大きく変わっていくその変わり目に、海の場面が登場していたのです。

海は、百歳が、感じていた「ものうさ」を洗い流す表象として機能していたといっていいかと思います。それは「珊瑚礁から成って居る此の島の海岸の夜色は其処に長く住んで居る者にも美しい感じを与えた」というところに、よく現れていたといっていいでしょう。海が、人生の転機をなす場面に用いられた例としては、良く知られた歌劇「泊阿嘉」のヒーローとヒロインの出会う場面を思い起こしてくだされぱいいのではないかと思います。

旧三月三日、浜下りの行事で、浜に降りてきた女性を、釣りにかこつけて、髪の毛を釣り上げることで始まる劇は、悲恋に終わってしまいますが、恋の始まりが浜辺であったことを思えば、海が、新しい感情を生成させる場として考えられてきた伝統が息づいていて、「奥間巡査」の海の場を生み出した、と言えないこともないでしょう。

「故郷は地球」にみる海

西田は、(中略)、一人相撲場を離れて海へ向かって立った。当たり前だと一年中でも寒さの絶頂という紀元節(二月一一日、建国記念日)だが、二三日前からポカ〱照りだした暖気は五月さながらの暖かい陽光《ひかり》が鈍い鉛色の海面に照り映えている——海は西田に取って慈愛の母であり竹馬の友だ。坐っていて海の見える家に生まれた彼の幼い記憶は全てが海に関連している。顔の覚えもない母の代わりには、海に親しみ遊んだ。村の小学校も海と隣で、波の音は教師の声と共に聞こえ、海の姿は黒板と交互に見られた。自分が教える身になったが、海には一段と心が引かれ、冬の海辺にさえ毎日坐った。打ち返す渚《みぎわ》の波から遠く水平線へかけて、時を忘れて眺めふけった。波の一うねりにさへ無限の慈愛と歓喜を感じるのであった。

右の文章は、一九三四(昭和九)年二月『東京日々新聞』夕刊に連載された宮城聡の作品「故郷は地球」に見られるものです。

宮城の作品の登場は、里見弴の推薦によるもので、宮城が、新進作家として、文壇に顔を出した最初の作品であります。

宮城は大正一〇年上京、改造社の雑誌『改造』の編集部員として、当時の作家たちの原稿とりから始め、佐藤春夫、里見弴に師事し、昭和四年、作家になる夢を実現するために、改造社を辞め、小説を書くことに没頭します。

昭和九年から太平洋・アジア戦争が勃発する昭和一六年前後まで数多くの作品を発表していますが、宮城が、得意としたのは、いわゆる家庭小説とでもいえる分野で、赤貧洗うが如き生活のなかで、小説を書いていく主人公を扱って、ある程度の評価を受けるようになります。彼の作品はその多くが、彼自身の窮乏生活を下敷きにして書かれたものであり、「故郷は地球」も、その一つであります。

右の場面は、雑誌編集者の仲間が、慰労会で集まった場所の近くの海辺で、相撲大会を開いているのですが、その場から少し離れて、一人、海を眺めている場面です。仲間たちは、ことあるごとに、彼が沖縄出身であるということで、差別的言辞を弄し、彼を侮蔑する態度に出るものですから、彼は、角力をしている連中になじめず、一人離れて、海を眺めているのですが、相撲大会で勝ち誇っているのが、他でもなく、彼を愚弄する一番手であることに我慢がならず、一番を申し込み、たちどころに投げ飛ばしてしまうというものです。

作品に関して、少し触れて置きますと、ここに、さきほど紹介した「奥間巡査」の池宮城積宝がモデルの一人として登場してくる広津和郎の「さまよへる琉球人」に発した筆禍事件と関した出来事などが織り込まれていました。また、彼が、改造社の『日本文学全集』を売り込むために、ハワイに出張した際、体験したことなども書き込まれていました。

それだけに「故郷は地球」は、大切な作品となっているのですが、そこに、見られる海は、孤立している魂を、限りなく慰めてくれる場として描かれていました。海は、そのように、故郷を思い出させ、慰撫してくれる場としてだけでなく、あと一つ、差別し、愚弄する者たちに反省を強いる場として出ていました。

「山峡」にみる海

やがて大勢で賑やかに踊り、最後に校長の音頭で長一の万歳を唱えて船へ見送った。潮は頃合いだった。親子を乗せて船は二本の帆柱に高々と帆を上げ、纜《ともづな》を解いた。長太は船尾に立って梶棒を握り、赤鼻の指図で船子達は積荷の上を跳び廻って帆綱を操った。巨大な帆はみるみる風にふくらみ、船は音もなく川口をすべり出した。船子の吹き鳴らす出船の法螺の音と同時に万歳を叫ぶ岸に向かって、長一は幾度もお辞儀をした。船尾の長太も梶棒を握ったまま歓呼に答えた。

船は入江を出て岬の鼻にかくれていく。長三郎と啓一は川口の岩の上に立って帆影が見えなくなるまで小旗を振り続けた。

右は、宮里政光の小説「山峡」の最後の場面に出てくる光景です。

宮里政光のペンネームは宮里静湖。政光より静湖として知られているのではないかと思います。久米島の出身で詩集『港の歴史』を刊行。敗戦後、シベリアに抑留され、戦後その体験をもとにした作品を『新沖縄文学』に発表していますが、ほとんど知られることのなかった作家の一人ではないかと思います。

一九四三年一月、『文芸復興』に発表された「山峡」は、宮里が発表した数少ない作品の一つで、タイトルからわかりますように、山峡の村の小学校に勤める先生と小学生たち、そして山峡の村から出征していく青年を描いていました。

ここで海は、戦争に出て行く青年が船に乗っていく場として描かれていました。これはまさに、近代沖縄文学の海を描いた最後の作品といってもいいものでしたし、海が悲劇の舞台に転じていくものとなっていくものでした。歓呼の声と、打ち振られる小旗に送られて海を渡っていった多くの青年たちの末路は、宮里がシベリア・アングレンに送られて強制労働に耐えて帰還したのは幸運だったとしかいいようがないように、多くの若者が、砲弾と飢餓で倒れ、ついに故郷に戻ることがかなわなかったのは、皆さんも御存じの通りだと思います。

一つの風景としての海

近代沖縄文学に描かれた海は、これまで見てきましたように、暴風と結びついて壊滅的な打撃を与える場、外国船の入ってくる場、新しい感情を生み出して行く場、懐郷の情を沸き立たす場そして青年たちを戦場に送り出して行く場といったように、いくつもの表情をもって登場していました。

もちろん、近代沖縄文学に見られる海は、それだけにとどまるものではなく、あと幾つもあるわけですが、これまで挙げてきた作品からわかります通り、そのどれも、海を、一つの風景として描いていたということでは共通していました。海そのもの、といいますか、海を主題にして書かれていた小説というわけではありませんでした。

尾崎秀樹に『海の文芸志』（一九九二年、白水社）という本があります。尾崎はそこで「日本は海洋国家といわれながら、意外に海洋文学が不振である。歴史文学のなかで海戦をあつかったものもそれほど多くない。ましてや海洋歴史小説にいたっては寥寥たるものである」といい、それは「なぜだろうか」と問い、「国家権力や独占資本にバックアップされてのし歩くカッコつきの海外雄飛はあるが、独立独行のタイプがとぼしいため、そこに海のロマンスを醸成しにくいのだ」と指摘していました。

尾崎が指摘している通り、「海洋文学が不振である」のは、何も近代沖縄文学の世界だけではないということですが、その原因が「独立独行のタイプがとぼしいため」であるというのは、確かに一つの考え方であるとは言え、もう少し考えてみる必要があるのかもしれません。

尾崎はまた「大航海時代の存在は、幕末開国期の動きとともに、私たちに多くの夢を与え、歴史小説の好材料とされてきたが、まだまだ書かれる必要がある」ともいい、続けて「おもしろいことに、海洋ものを手がける書き手は、長崎・神戸・横浜・函館などの出身が多く、そこに開港地としての微妙な歴史のかげが投影している」とも書いていました。

沖縄が、「幕末開国期」以前に、「大航海時代」を生きたこと、また「開港地」として尾崎があげていた長崎以下の開港地同様、開港地であったこと、さらには二〇世紀の開幕と同時に始まった移民の歴史を有する地域であることを思えば、「まだまだ書かれる必要がある」どころか、書かれなければいけないはずなのです。

そのような海の文学、「海洋文学」の登場をいち早く建言していたのに、宮城聡がいます。彼の主張は、時代の主張と歩調を合わせたところ、すなわち、南進という植民地主義的な色合いが濃いものとなっていて、問題がないとはいえませんが、まったく否定してしまうには惜しいものがあるはずです。

「世界のウチナーンチュ」については、皆さんもよく御存じのはずですし、海外に親戚がいるという方もたくさん出席なされているのではないかと思います。それほどに沖縄の海は、開かれていることからしても、海の文学が輩出して不思議はないはずです。

なんでしたら、作家にまかせず、皆さんが作家になる夢をもって、挑戦してみたらいかがでしょうか。挑戦のしがいのある仕事になることは間違いありませんし、是非、話題になるような海の作品を書いて欲しいものです。

＊本稿は、二〇一四年、県立芸大付属研究所で「海」をテーマにした講座で話したのに手を入れたものである。

呼応する歌・変容する歌
――『宇流麻の海』を読む

1

比嘉美智子の最新歌集『宇流麻の海』には、「自然詠・生活詠・心象詠、そして時事詠」（「あとがき」）とそれぞれの部門に渡って詠まれた歌が三五〇首収録されている。歌集については、巻末に附された篠弘の「基底にある風土愛」に尽くされているかと思うが、篠とは別の観点から次の三首をめぐって若干触れてみたい。

濃染月と言へど紅葉もなき島に常緑樹のみいよよ濃みどり
波の花寄せゐる海の岸の辺に客迎へんと「めんそーれ」の文字
炎立つ窯に入れられ溶かされて琉球硝子の種種（くさぐさ）生るる

三首は、篠の評に上げられてないことからもわかるように『宇流麻の海』の中でとりわけ優れた歌というわけではない。三首を取りあげたのは、明治・大正期の沖縄の短詩形表現と関わりのある大切な事柄の読み込まれた歌になっているということによる。言葉を変えていえば、明治・大正期の沖縄の短詩形表現をあぶりだす歌であるからだといってもよい。

沖縄の詩歌界は、周知の通り、明治の末、新しい時代を迎える。新聞の学芸欄は、それまで結社詠を中心にして発表していたのが、いわゆる新派の登場によって、個人詠歌集を掲載するようにもなっていく。

沖縄の伝統的な表現である琉歌界も同様に、変革の波にさらされる。一九〇九年、奥武山で琉歌大会が開かれ、錚々たる琉歌作者たちが集まったのを見た伊波月城は「琉球の文芸復興第一年」だと興奮気味に語っているが、琉歌の復興は、そのあと、まもなく琉歌を三〇字詩と呼ぶ、変革運動へと突き進んでいく。

明治の末は、そのように短詩界に大きな地殻変動が起こり、琉歌界、短歌界、俳句界、新体詩壇にぞくぞくと若い表現者が躍り出てきた時期であり、それだけに、興味深い歌が数多く詠まれている。

明治の末の新派の登場後、大正期になると、第二世代といっていい詩人、歌人たちが登場してくる。沖縄で発刊されていた新聞が、一九一八年以後、揃いがないということもあって詳細な経緯については殆ど分かっていないのだが、大正歌壇が、どのようなものであったかについてのおよそは、大正末に刊行された『琉球年刊歌集　第一集』でわかる。この作品集は、間違いなく大正期を代表する歌人たちの作品が集められているといえるし、それだけにまたそこにも興味深い歌が数多く見られる。

比嘉の三首は、明治、大正期に現出した個人詠歌集、年刊歌集に収録された興味深い表現を呼び起こすものであり、とりわけ次の三点、一「ない」という否定辞の見られる表現、二沖縄語を使用した表現、三「琉球」を用いた表現についてあらためて考えさせるものがあった。

2

最初に、その第一点と関わりのある歌「濃染月と言へど紅葉もなき島に常緑樹のみいよよ濃みどり」から見ていきたい。この歌は、一九一〇年一一月九日付き『琉球新報』に掲載された、「漂《さす》白《らい》」と題された長浜芦琴の短歌一四首の中の一首、

山といふ山もあらなく川もなきこの琉球に歌ふかなしさ

という歌を想起させる。

長浜の歌は、岡本恵徳が「近代の沖縄における文学活動」で紹介したことで、にわかに知られるようになった一首である。沖縄の近代文学の本格的な研究は岡本に始まるといっていいだろうが、岡本は、沖縄近代短歌の流れを論じるなかで、「沖縄の近代は独自の過程を持っており、そのことがさまざまの屈折した意識をもたらしているが、文学作品の上では、そういう意識の屈折をそれ自体として対象化することは少ない。とりわけ、短歌・詩の面ではそういう屈折した意識を切り捨て

て、自己を中央の作者と同じ位置に擬するところから作品は発想されるのであり、したがって自己意識を凝視することよりも表現の洗練を求める傾向が強かったといえるだろう」と指摘し、「このような志向が極度に強くなったとき」生まれて来たのが、この一首であるとしていた。

岡本は、沖縄の自然を詠じた歌が「嘆きとして表現されることになる」のは、「自己を中央の作者と同じ位置に擬する」ことによるものだとしたのである。

表現者の位置の取り方についての岡本の指摘が正鵠を射たものであることはいうまでもない。そして、明治期の沖縄の表現についての評価に関しては、これから、若い研究者によって、さまざまに議論されていくことになるはずであるが、そのことはともかく、「濃染月」によって想起された芦琴の歌は、さらにまた、同様の表現になる次の句を呼び起こさずにはおかないだろう。

大樹高山なき淋しめど茂る四時

一九一三年八月一三日『沖縄毎日新聞』は、「句境日々（一）」と題した原田紅梯梧の俳句を五句掲載しているが、その中に見られるもので「琉球に生れた悲哀と悦楽」の詞書きが附された一句である。

紅梯梧も、まず、沖縄には巨木、高峰もないので淋しいと、歌うことから始めていた。これもまた岡本が指摘していた「自己を中央の作者と同じ位置に擬する」ところから発想された一句だといえないこともないが、芦琴の歌とは似て非なるものがあった。

紅梯梧が、芦琴の短歌を新聞で見ていたかどうかわからないが、歌は、芦琴の歌を踏まえるかたちをとりながら、あらたな視点を付け加えたものとなっている。紅梯梧の俳句が芦琴の短歌と同じなのは、「大和」にはあるのに「琉球」にはないので淋しいというところまでである。俳句にはその後があった。

短歌は、「ない」で止まっていた。たぶんそこが叙情歌の叙情歌たる由縁ではないかと思うが、俳句は、「ない」で終わらずに、そのあとに「ある」ものを取り出していた。短歌を踏まえるかたちをとって、新しい認識へ踏み出しているのがわかるものとなっている。

「ない」のあとに「ある」ものを提示した歌としては、例えば、次のような琉歌もあった。

山原に行けば哀れどや至極見る方やないらぬ海と山と

これは、形でいえば短歌よりも俳句に近い発想になっている。いわゆる「ない」と打ち出して「ある」ものを提示するというかたちである。

では、俳句と琉歌は同形だといっていいかというと、全然、そうではない。形は似ているが、歌の内実は、ずいぶんと異なっている。俳句は「ない」のあとに「ある」があって、それが淋しさを紛らわす、となっていたが、琉歌は「ない」のあとの「ある」が、いよいよ淋しさを深くする、となっているのである。

それは、俳句が自然詠歌に止まっていたのに対し、琉歌が、単なる自然詠歌で止まってないことによる。

琉歌は、町と田舎とを比較して発想されていた。田舎には町のような賑わいがないことの淋しさが歌われていたのである。

琉歌と短歌・俳句との間には、さらに大きな違いが見られた。それは「ない」という思いを導き出してきた、対象の違いである。短歌や俳句が見ていたのは、「大和」の風景であったといっていいだろうが、琉歌は、必ずしもそうではない。琉歌の世界が、決して広いものではなかったという問題がそこにはあるとはいえ、そのことが、「ない」ことによってうまれる「さびしさ」の与える負の意識を、感じさせないものになっている、ということは出来よう。

比嘉の一首「濃染月」の歌は、そのように芦琴の短歌、紅梯梧の俳句、作者不明の琉歌といったジャンルを異にする沖縄の表現を想起させた。そして「濃染月」に見られる「ない」表現が、紅梯梧の句からそう遠く離れていないことに、ある驚きを禁じ得ない。それは、他でもなく、「ない」というかたちによる表現が現代まで連綿と続いていることへの驚きである。

歌の発想される磁場は、いろいろだろうが、沖縄の表現を考えていくとき、この「ない」型表現をめぐる問題は、大切な論点の一つになっていくような気がする。

その一つには、岡本が指摘していた、いわゆる立ち位置の問題。「自己を中央の作者と同じ位置に擬して」詠まれた「ない」型表現から、どれだけ自由な「ない」型表現を、沖縄の表現は獲得していったか、という問題。

あと一つは、何を「ない」として表現してきたのかということがある。「ない」とされてきたものを取りあげていくことで、浮かび上がってくる沖縄像というのもあるように思われるからである。

3

「濃染月」の一首は、近代の短詩形表現と呼応する歌として取りあげたが、二首目の「波の花寄せゐる海の岸の辺に客迎へんと『めんそーれ』の文字」は、歌の中に沖縄語が使用されているということで拾った一首である。

一八七九年の琉球処分以降、表現活動をするのに沖縄の人たちは、日常言語とは異なる言葉を修得する必要があった、といっていいだろうが、一九一〇年前後になると、芦琴のような、日本語・標準語による優れた歌を作ることのできる表現者が登場してくる。

芦琴だけではない。その頃には、すでに『明星』『スバル』『創作』『ホトトギス』等といった文芸雑誌に数多くの詩作を発表するものたちが出てくるが、彼等は、あと一つ、沖縄語による詩作をすることもできた。『明星』で活躍した末吉安持の詩作を論じた伊波月城は、末吉の琉歌を彼の近代詩や短歌より数段勝るものであると指摘している。それは、当時の表現者が、沖縄語による詩作にも長じていたことを窺わせるものである。

しかし、彼等は、やがて沖縄語表現を捨てていく。そして、

日は真昼CARBOLICの悪臭のみなぎる窓に百日紅ちる
火夫は吹くFOGHORNわかき子はわれらの舞に口笛ならす

といったような表現に心を傾けていく。

「CARBOLIC」の歌は、一九〇九年七月二八日『沖縄毎日新聞』に掲載された上間槫花の「赤き印象」七首のうちの一首、「FOGHORN」の歌は、一九一〇年一月二〇日『沖縄毎日新聞』に掲載された水野とみ子の「かなしみ」一〇首のうちの一首である。

上間、水野の歌にみられる外来語の使用は、当時の中央歌壇の「はやり」を追ったものである。そのような歌を見ていくと、沖縄の表現がいよいよ沖縄語から遠く離れつつあったことがわかるのだが、もちろん沖縄語を全く捨て去っていたわけではない。次のような歌があった。

ウーバセとせがむ吾子をば背負ひつゝ陽ざしあかるき庭をあゆめり

一九二六年九月二〇日に発行された小那覇全孝編『琉球年刊歌集　第一集』に収録された北村白楊の「歌日記抄」一九首のなかの一首である。

ウーバセは、言うまでもなく、沖縄語で、「おぶってちょうだい、背負ってよ」の意。沖縄語を短歌に取り入れて歌われた一首の出現に、大正期の歌壇はどう反応しただろうか。『琉球年刊歌集第一集』には、他にそのような表現が見当たらないことからすると、短歌に沖縄語を使用することには抵抗があったのではないかと思われるのだが、当時、沖縄語を取り込んだ表現が、見られなかったわけではない。

その代表的な例として、

ありや、伊計よ離れよ、
こりや、浜よ　平安座よ、
平安座娘等が蹴上くる
潮の花の美しさ！

といった詩篇を上げることができよう。

一九二二年二月に刊行された世禮國男の『阿旦のかげ』の巻頭に「故郷の島々に」と題して収録された一篇である。世禮はまた詩集刊行後の一九二三年三月号『日本詩人』に「琉球景物詩一二編」として、沖縄語を取り入れた大胆な詩篇を発表していた。

一九二〇年前後、沖縄語を用いた詩作が、にわかに浮上してくる。世禮の詩作がそうなのだが、その時期とりわけ注目を集めたのが、一九二三年一一月に刊行された佐藤惣之助の『琉球諸島風物詩集』である。

その黒髪の上《へ》に瓜籠やのせて
その黒髪の上《へ》に仔豚やのせて
紅藍《べに》の花よまきつけて
赤梯梧《あかでぐ》の花よまきつけて
白珊瑚の岡《もり》歩《は》いのぼるよ
青藺の玉水おしわたるよ
げに実芭蕉かぢり、茘枝やかじり
那覇よ首里よ石こびれ走《は》いまわり
大和船ながめ、唐船やながめ
その万寿果《パパヤ》の乳房うしかくし
こがね色よき胸はり肩はり
黄塵蹴立てて、日傘蹴立てて
身の色《ろ》おもしろや二十《はたち》みやらべ
目笑れおもしろや二十みやらべ

「琉球娘仔歌」と題された一篇である。この詩篇には琉歌「しょどんみやらべの雪のろの歯ぐきいつか夜のくれてみくちすわな（しょどんふし）」が添えられていることからわかるように、詩は琉歌を踏まえていた。

佐藤は「琉球諸島風物詩集についての後書」で、沖縄に来て琉歌やおもろを知ったことで、この詩集ができたと書いていた。沖縄語になる表現を踏まえて歌われた詩集の出現が、当時の沖縄の表現者に衝撃を与えなかったはずはない。

『琉球諸島風物詩集』の出現、「琉球景物詩十二編」の登場に、歌壇の人々がまったく無関心であったとは考えられない。北村の沖縄語使用は、少なくともその現れであったのではないかと思われるのである。

沖縄語を使用した詩と短歌が同時期に現れていたが、しかし、世禮や佐藤の詩編に見られる沖縄語は、いわゆる歌言葉、詩的言語といっていいもので、日常生活で使われるような身近な言葉とはいいがたいものであった。それに対して北村の歌に用いられた沖縄語は、日常語であった。その違いは大きい。

琉歌語・おもろ語の使用から日常語の使用へ、同じ沖縄語を取り入れた表現だとはいえ、世禮や佐藤の取り入れた沖縄語と北村の用いた沖縄語とでは、大きな違いが見られる。そしてそれは、短歌がより生活に密着していたことを示してもいたと言える。

『宇流麻の海』にも、沖縄語を用いた歌がいくつか見られる。その一つが「波の花」の歌である。歌には、おもろに見られる「なみはな」とともに、「めんそーれ」という客を迎える際に用いられる言葉が取り入れられているのだが、それは「ウーバセ」の用いられ方からは遙かに遠いものである。「波の花」は、日常使われるような言葉ではないし、「めんそーれ」にいたっては「文字」として見られているに過ぎない。ここには、沖縄語が、もはや音声を持つものでは無くなってしまっている事態が差し出されていた。沖縄語の命脈が尽きようとしている、そのことを語っているような一首であった。

一九七八年、仲宗根政善は

吾とともにとはに滅びんことのはを日に夜をつぎて書きとめていく

と歌っていた。それは、まさに命をかけた仕事となった大著『今帰仁方言辞典』を編むなかで歌われたものだが、自分と共に消えていく言葉への哀惜が歌われた絶唱といっていいものである。

沖縄語を失った風景といえば、「ウチナーグチマディン　ムル／イクサニサッタルバスイ」と嘆いた山之口貘の詩「弾を浴びた島」が思い起こされもするが、「波の花」一首は、沖縄語を使用した表現がどのような経緯をたどってきたか、そのことを考えさせるものとなっていた。

4

『宇流麻の海』を読んでいくと、「琉球」を使用した歌が、四首ばかり見られる。収録歌数三八〇首のなかの四首が多いのか少ないのか、他の近年の歌集を見てみないことには何ともいえないが、問題は数よりも、そこに見られる「琉球」が、「琉球開闢」「琉球松」「琉球硝子」「琉球絣」といったかたちでしか現れてないと言うことである。

『宇流麻の海』には、「琉球」にかわって題名となっている「宇流麻」の他に「沖縄」「南国」「みなみの島」「島」「美ら島」といったような呼称が用いられていて、それらは生活している場所として詠まれているが、「琉球」は歴史や、植物名、製品名を現すかたちでしか出てないのである。

それは、「琉球」が、単に古い呼称だからといったことによるのだろうか。

琉球処分後、すなわち「琉球」から「沖縄」になってほぼ三〇年たって輩出した「沖縄」の新青年たちの歌には、「琉球」が頻出する。三首ばかりあげておきたい。

琉球に生まれし子等は先天にみな並々のかなしみをもつ（一九〇九年、落紅）
刺激なき此の琉球に生まれてはもののあはれも知らぬ子となる（一九一〇年、南葉）
故知らぬ悲しみ多し琉球の家を思へば墓を思へば（一九一二年、朝信）

明治の「沖縄」の新青年たちは、そのように「琉球」を歌っていた。沖縄県になって以後を生

きた新派の青年たちの歌のいたるところに「琉球」はみられる。しかし、大正末に発刊された『琉球年刊歌集　第一集』になると、

あなうれし桜も紅く咲きそめて北琉球に春巡り来る（又吉光市路）
「あなたのお国は?」「へへさうかい琉球かい」何を！　くやし涙（禿野兵太）

の二首しか見られない（大急ぎで、付け加えておけば「沖縄」を使った歌は一首もみあたらない）。三三名（うち二人は歌を出してない）の歌、総数四七〇首中に二首しかないというのは、あまりにも少ないと言わざるをえないが、その二首はまた、似ても似つかない歌になっていた。

一方は、明治の新派の青年たちの歌には見られない明るい響きを持つもので、自分のいる地の風物を楽しむ姿が歌われていた。しかし他方は、これまた、明治の新派の歌より、一段と深刻な歌になっていた。

「琉球」が、一方では明るい響きを持つものになりながら、一方では深刻な問題をはらみ始めていたことが、よくわかるのだが、それ以後の「琉球」は、多分、禿野の歌に見られる「くやし涙」を強くしていったのではないか、と想像される。

これもまた、その後の十分な詩歌の資料の裏付けがないことには、断言できないことなのだが、「くやし涙」以後、「琉球」の登場は、少なくなっていったのではないか。

それは琉球処分によって「琉球」から「沖縄」へと呼称が変化していったという歴史の変転のなかで、「琉球」は、確かに遠いものになっていったということはあるのだろうが、それ以上に、その言葉によって、必要以上に苦しめられていったということがあったのではなかろうか。

炎立つ窯に入れられ溶かされて琉球硝子の種種《くさぐさ》生るる

「琉球」はもはや「琉球」そのものではなく「琉球硝子」というようにしか存在しないものに成り変わっているのだが、「琉球」そのものも「炎立つ窯に入れられ溶かされて」しまったかに見える。新派の表現者たちが歌った「琉球」からほぼ一〇〇年、なんと大きな変わり様をしてきたことか、と思わざるを得ない。

＊本稿は、二〇一一年、『宇流麻の海』の出版祝賀会にあたって話した原稿に手を入れたものである。

「うりずん」の再発見
――戦後・沖縄の歳時記をめぐって

1

小熊一人に『季語深耕「風」』(以下『風』と略述)というのがある。「あとがき」によると、青柳志解樹の「花」、小林清之介の「鳥・虫」、鍵和田秞子の「祭」等に連なる一巻として刊行されたもので、角川書店の月刊誌『俳句』に一九八一(昭和五六)年一月号から一九八五(昭和六〇)年三月号まで、途中欠号はありながら「連載されたものを春・夏・秋・冬・新年に分けて修正収録したものである」という。

『風』を見ると、「春」の項は「海氷」から始まっている。身近にある「俳句歳時記」等に当たると「春」は「春」「初春」で始まっている。『風』が、他の「歳時記」と異なっていることがそれで分かるが、あと一つ特異な点があった。それは、沖縄と関わりのある項目が幾つも見られるといった点である。「春」の項に取り上げられているその最初の一つが「うりずん」である。

「うりずん」について、小熊は、沖縄でも、小雨まじりの北東季節風が吹き込む一月、二月は寒いが、三月中旬の「にんぐわちかじまあい」を境に風向きが南に変わり、「うりずん」の季節を迎えるといい、続けて、

「うりずん」または「おれづみ」はオモロのなかにでてくる時候である。オモロは沖縄古代の神歌（口承歌謡）で、語義は「思い（ウムイ）」だという。

うりずんの夜雨　時どきよ違がぬ
苗代田の稲の　色の清らさ

と琉歌にある。年中暖かい沖縄では四季のけじめがはっきりせず、春という語が元来なかったためか定説がない。しかし、現在は広い意味で「花曇」に似たなまぬるい気候のことを古語を蘇生させて「うりずん」と呼んでいる。このころから南の季節風が吹きはじめ「うりずん南風」といわれている。「うりずん」につづく季節が「若夏」である。

と記し、次の四句を収録していた。

花木綿黄《ばんや》のあざやかにうりずん南風　知念広径
うりずんの陽の弾き出すさざれ石　島袋佳泉
うりずんや洗ひ粉の香の束ね髪　伊舎堂根自子
うりずんや月みえてゐて雨降れり　小熊一人

『風』で、小熊は「うりずん」をはじめ「若夏」「夏至南風《カーチーペイ》」「新北風《ミーニシ》」等を収録していた。小熊にそれが出来たのは間違いなく「三年間沖縄の大気を観測し、気候を観察した体験」があったことによる。

小熊が、『風』を刊行したのは一九八六（昭和六一）年五月である。『風』に「沖縄の自然・風土について、いくつか引用している」のは、三年間の「体験」があってのこともあるが、例句の「引用」を容易にしたのは、先に『沖縄俳句歳時記』を刊行していたことによるであろう。

『沖縄俳句歳時記』が刊行されたのは一九七九（昭和五四）年一〇月である。

小熊はその「はじめに」で、「当初、作句はすべて夏の季感でと決めたものだったが、住みなれると亜熱帯海洋性気候の美しい自然、素朴な行事・風習のなかに季節の微妙な変化があると思った」として、沖縄が決して「夏」ばかりではないということを、沖縄に住んで知ったと書いていた。そして、①「苦瓜」「甘蔗の花」「甘蔗刈」「製糖」等、季語区分が本土とことなること、②「爬龍船」「夏ぐれ」等、「誤って伝えられている」こと、③「御嶽」「亀甲墓」「うりずん」「ジュリ馬」等、本土では理解されてないといった三点を挙げ、それらを「如何に表現するか」といったことが問われるとし、さらに「熱帯花木の花暦」「珊瑚礁の青い海」「琉歌・琉球舞踊」等、「沖縄に住む人だけが知る喜びや独特な季語の多くあることを知った」と続けていた。

沖縄の「独特な季語」として、小熊が選び出した一つが「うりずん」であった。『沖縄俳句歳時記』はそれについて次のように記している。

うりずん・おれづみ・うりずん南風《ばえ》

オモロに「おれづむの季節になった。オナリ神は、大君に真南風迄《ママ》うて船出せよ、と祈っている」という意の歌がある。古語の辞書『混効験集』（一七一一）には「おれづんは二、三月麦の穂出るころ」とある。また琉歌に、

うりづみの夜雨　時どきよ違がぬ
苗代田の稲の　色の清らさ

（うりずんの頃の夜雨は、時も違えずにしとしとと降りつづき、苗代田の稲の色の美しさは実にすばらしい）、「うりづみ」は「潤《ウルオ》い積《ズミ》」の意かと阿波根朝松著『琉歌新釈』にある。北村伸治氏によると、若夏は彼岸明け（三月下旬）より立夏（五月上旬）前までの晴天日。「うりずん」はその間の曇・雨天の日という。年中暖かい沖縄では四季のけじめがはっきりせず、春という語が元来なかったためか定説がない。しかし、現在は広い意味で花曇に似た生まぬるい気候を「うりずん」と古語が蘇生し使われているようだ。「うりずん」につづく季節が若夏である。

花木綿《ばんや》黄のあざやかにうりずん南風　知念広径
うりずんの陽の弾き出すさざれ石　島袋佳泉
うりずんや月みえてゐて雨降れり　小熊一人

『沖縄俳句歳時記』と『風』との間では、「うりずん」の解説、収録句数の違いが見られる。『風』の解説が『歳時記』に比べ簡潔になったのは、沖縄を対象にしたものではないこと、そして収録句数が多くなったのは、その後新しい句の発表が見られたことによるものであろう。

小熊は、『風』を刊行する前の年、一九八五（昭和六〇）年には、また『沖縄俳句歳時記』（以下『旧版』と記述）を改訂して、新しい版を出していた。

改訂版『沖縄俳句歳時記』（以下『新版』と記述）の「うりずん・おれづみ・うりずん南風《ばえ》」に関する解説は、旧版と変わらないが、収録句数は、次のように多くなっていた。

花木綿《ばんや》黄のあざやかにうりずん南風　知念広径
うりずんの陽の弾き出すさざれ石　島袋佳泉
うりずんや月みえてゐて雨降れり　小熊一人
葬列もうりずん南風も浜づたい　三浦加代子
うりずんの少年池の大魚釣る　棚原節子
うりずんの牛借りに来る小百姓　竹田政子
うりずんや洗い粉の香の束ね髪　伊舎堂根自子
うりずんやこころになぞる句碑の文字　矢野野暮

『旧版』の「例句は昭和五四年八月を限度」としていたのに対し、『新版』は「昭和六〇年三月」までに発表されたものとなっていた。収録句数増加は、五年間の成果であった。それはまた、新しい俳句作者がそれだけ多く登場していたということを証していた。

2

一九七九年『旧版』の刊行に始まった小熊の仕事は、一九八五年の「改訂版」を経て、翌八六年の『風』への沖縄関係項目の収録へと至っていた。沖縄の俳句歳時記は、小熊の独壇場であったといえるし、何よりも、沖縄の「歳時記」の先鞭をつけたものであったといっていいだろうが、小熊以前に、沖縄の「歳時記」を考えたものがいなかったわけではない。

雑誌『おきなわ』は、一九五三年一二月の第三三号から五回にわたって数田雨條の「沖縄俳壇の一角…風物詩風に…」の連載をしていた。数田はそこで沖縄の風物（第一回）、動物（第二回）、行事（第三回）、沖縄の名所旧跡（第四回、第五回）を扱っているが、その第一回目で「沖縄的なローカルを出すのには、通用語（当地での）はそのまま使用して、効果をあげることも考えられる。それは後日沖縄歳時記を編む場合に深い研究がなされると思うが…」と述べていた。

数田が、「沖縄俳壇の一角…風物詩風に…」の連載を考えたのは、沖縄の「歳時記」を編みたいという思いがあってのことであったように思われるのだが、それを編むほどに、沖縄の俳壇はまだ充実してなかったのである。

そのことを語っているのに遠藤石村の論考がある。「沖縄俳壇作品の鑑賞―沖縄俳人への注文―」(『おきなわ』一九五四年七月号)である。遠藤はそこで『おきなわ』誌上における『沖縄俳壇の一角』三四号から三七号中に出ている俳句作品に目を通して、私はいささかがっかりした。いくら既述の断り書き(「沖縄俳壇が、誕生して日も浅く日本俳壇から刺激や影響を受けることも極めて薄い事情にあること」―引用者注)をしたとは言へ、作品鑑賞の場合もそうそうお世辞ばかりも言ってゐられないのである。とにかく『沖縄俳壇の一角』に出て来る作品はそれ程低調だ。この点ズバリと指摘した方が、作者に対する親切と心得るので正直に書く」と述べていたのである。

遠藤が、「私は沖縄からも有能な俳句作家が続々現はれることを待望する。それはまた確かに可能なのである。而して若し彼らが現俳壇に新しい息吹を注入してくれることになったとしたらどんなに嬉しい事だらう」(「自句自解と南方俳人待望」『おきなわ』五・六合併号)と書いたのは一九五一年である。それから三年たって、まだ「新しい息吹を注入してくれる」俳句作家が出てきてないどころか、選句して掲載したと思われる「沖縄俳壇の一角」が「低調」だといわれては、数田にしても「歳時記」を編もうという気力が失せてしまわざるを得なかったに違いない。

それから二十数年たって小熊の「歳時記」が生まれてくるのである。

小熊の「改訂版」が出た三年後、比嘉朝進の『沖縄の歳時記』が刊行されている。比嘉の「歳時記」にみられる「うりずん」は、次の通りである。

うりずん　方言ウリズン

三～四月の麦穂の出るころをいい、〝潤う染む〟の義であろう。本土の花曇りに似た空模様だが、どこか生ぬるい暖かさがある。おもろさうしに「東の大主の御前に九年母木は植えておちへ、おれづむ待たな」とあり、琉歌に「うれづみぬ夜雨節々もたがぬ苗代田ぬ稲や色ぬ清らさ」と詠まれている。竹富島のアヨーに「うるじんぬよー霧りや」と歌われている。この期間の南風はウリズン南風とよばれ、「ウリズンガ大雨ヤリバ台風ネーン」といわれている。

うりづむの潮の膨れて蟹脱皮　当間針魚
うりずんの闇あたたかく牛にほふ　田畑杣人
鮮魚屋の店先すでにうりずん南風　喜納昌久
うりずん南風田の水牛の尾の遊び　比嘉朝進
うりずん南風山頂の樹の並み透る　瀬底月城

比嘉は、自著について「一年を十二カ月に分け、気象、生活、行事、動物、植物の順に配列し、解説した」といい、また「季節感を盛りあげるために俳句を取り入れた」と「凡例」に記していた。

「沖縄の歳時記」ということでは、一九〇〇（明治三三）年一月五日から三月一日にかけて『琉球新報』に掲載された真境名安興の「沖縄歳時記」があった。真境名はそこで「正月」からはじめ一二月までの諸行事をあげて、その由来などについて述べ、最後にこれまで書いてきたのはとして

「目下当地に於ける年中行事の概況にして、その根源は大方荒唐無稽にして信を措くに足らざるも、これ本県独特の由来縁起を有するものにあらずして、多くは内国又は漢土の遺風なるを知らば、古来より我が風習及び慣例が如何に両国と関係ありしかを推知するに難からざるなり。而してこれらは社会の進行を妨ぐるほどの醜態陋状を極めざる限りは、後来存続して国民的安息日をなし、家庭の和楽に資し社交の円滑を計り、彼の単調にして殺風景なる俗界の空気をして、最も静浄《ママ》にして多趣ならしむ可きなり。これ豈健全なる社会の発達を遂ぐるに於て、最も必要なる分子にあらずや」と閉じていた。

真境名の「沖縄歳時記」は、「沖縄の年中行事」について論じていったものである。彼によれば、沖縄の年中行事は、沖縄固有のものは極めて少なく、「内地」と「漢土」から入ってきたものだという。だからといってそれを排斥する必要はないと、締めくくっていた。沖縄の伝統的な行事と思われていたものが、かならずしもそうではないという指摘には驚くべきものがあるが、「歳時記」を「一年のうち、そのおりおりの自然・人事百般の事を記した書」(『広辞苑』)だととれば、真境名の論考こそ「歳時記」というにふさわしいものであった。

比嘉の『沖縄の歳時記』も、「年中行事一覧」(旧暦・新暦)等を付しているところからして、沖縄の年中行事を、紹介するための入門書として書かれたのではないかと考えられるが、真境名の「沖縄歳時記」からすると、むしろ「俳諧歳時記」といえるものになっていたし、その時、手本にしたのが、真境名の「沖縄歳時記」ではなく、小熊の「俳句歳時記」だったのは間違いない。

比嘉の「歳時記」が、小熊の「歳時記」を参照しているのは「一年を十二月に分け」てあるといった月別にしていたということだけにとどまらず、項目の解説にあたって、「おもろさうし」や「琉歌」「竹富島のアヨー」といった歌謡を引いている点にもあった。

小熊の「歳時記」の最大の特色は、何と言っても沖縄の歌謡、おもろや琉歌はいうに及ばず、いわゆる「南島歌謡」と総称される琉球の歌一般を、解説に取り込んでいるところにあるが、それは、その後出て来る「歳時記」全般に広く影響をあたえるものとなっていた。

比嘉の「歳時記」のあと、一九九五年一月瀬底月城著『奄美・沖縄　南島俳句歳時記』（復刻版、二〇一六年一〇月）が刊行されている。瀬底の著書に収録されている「うりずん」の項は次のようになっている。

うりずん　おれづみ　うりずむ

「うりずん」は、うりじん、おれづみ、おれづむ、うるずむ、うりづみ、うれづみ等ともいう。陰暦の二、三月頃大地が潤い、麦の穂の出る頃の降りみ降らずみの時節である。即ち陽暦三月末から穀雨の節にかけての時期をいう。「天地潤い、物皆芽ぐみ、生命の溌剌として勢い出すこと、或はその頃を〝うりずん〟という」等とも表現される。

△琉歌（揚作田節でうたう）。

「うれづみの夜雨　節々も違ぬ
　苗代田の稲や　色の清さ」
（註）「清さ」は、美しく、美事な事。
うりずんの二夜がかりの擬似餌針　進藤一考
蜑ら皆うりずんの砂深く踏む　平本魯秋
うりずむや黒潮匂ふ畠を打つ　神元翠峰
うりずんの空に重たき船の笛　山田静水
うりずむや鞍降ろされし馬の艶　国仲穂水
うりずんや理髪の鋏夢さそふ　吉田碧哉
うりずんや月見えてゐて雨降れり　小熊一人
うりずんの雲の重たき離島船　北村伸治
うりずんや仔牛毛並艶増して　屋嘉部奈江
うりずむの干瀬の青照り浄土めく　当間針魚
うりずんの野に放たれし孕み牛　村山澄子
うりずんを断ち割るごとし牛の舌　横山きよし
うりずんの路地にやさしき島言葉　大浜基子
うりずんや御穂田三坪風立ちて　渡口澄江

うりずんの残波を渡る風青し　志多伯得寿
うりずんや無人売店人だかり　高江洲順達
米軍機墜つうりづむの甘蔗畑　瀬底月城

瀬底の「歳時記」は、「うりずん」の語が、「おもろさうし」に由来するといった説明はない。おもろの引用もない。そのような説明はもはや不必要だと思われるほど、一般に通用するものになっていたということであろう。

おもろの引用はないが、琉歌は、取り入れていた。小熊の「改訂版」と同じ琉歌である。項目の解説に琉歌を取り入れていることや、「歳時記」を月ごとにしているところは、小熊「歳時記」を踏んでいたといっていいだろう。

瀬底は、「歳時記」の出版にあたって「進藤一考先生の御推薦文を戴き光栄の至りです」と書いていた。進藤の「推薦文」は「はじめに」と題されて掲載されているが、それは、次のようになっている。

その島々の十二ケ月が、季語として本書に網羅されることになった。「おもろさうし」にある叙事、抒情を踏まえて、沖縄のこころを鮮明にしようとしている。歴史と関わっている。伝承を語っている。琉歌あるいは島唄のこころを知ることとなれば、南西諸島の大自然が島のこころとなっていることが解って来る。それらのことを伝えることが出来るのはなんといっても沖縄人《うちなーんちゅ》の資格がなければ、十全には果たせない。著者はその資格に加えて俳人である。例句の選択のことは言うまでもないことである。

進藤の「推薦文」は、確かに瀬底の「歳時記」の特徴をよく指摘したものとなっているが、そこから、「なんといっても沖縄人《うちなーんちゅ》の資格がなければ、十全には果たせない」という箇所を削除してしまえば、小熊の「歳時記」の推薦文といっても差し支えないものとなっている。歳時記を四季の部立てにすることなく、「おもろさうし」、琉歌、島唄等をふんだんに取り入れた解説は、なんといっても、小熊の歳時記の最大の特色をなしているものだったからである。

進藤は、そのあとでまた次のように書いていた。

本書に納まる季語は、南西諸島固有のものが大方を占める。その中で最も私が体得したい季語に〈うりずん〉がある。この季感は私の住む風土にはない。出典は「おもろさうし」である。南西諸島の二月、三月、そして四月始めは曇り日が続く。と言っても大地に明るさはある。生暖く風に湿りがある。そこに早苗が根付き、風にそよそよと靡いている。その季感が〈うりずん〉という語感に表れていると思ったりするのだ。

小熊が『旧版』をはじめ『風』で「うりずん」を取り上げたのは、進藤が指摘しているように、その言葉が、沖縄の「季感」をあらわすものとして最適だと思われたことにあるが、それは、「うりずん」という言葉の再発見、復活と関わっていた。

3

沖縄の施政権が日本に返還されたのは一九七二年五月一五日。それを祝って沖縄で国民体育大会が開催されたが、それを言い表す用語として用いられたのが「若夏国体」であった。「若夏」を用いたことについて大城立裕は、復帰記念特別国体を開催するにあたって、ニックネームの懸賞募集をしたところ、「若夏国体」というのが一つだけあって、決選投票になったら、負けるに違いないので「推薦演説をさせてくれ」と願い出て、やったのが「次のようなことである」として、

若夏とは『おもろさうし』にある言葉で、本島ではすでに滅びているが先島に残っていて、初夏を意味する美しい言葉である。こんどの国体の季節と合うこともあるが、それより沖縄の文化が生んだ美しい言葉を復活させたい。沖縄が日本に復帰するということが、たんに祖国に負ぶさるということでなく、沖縄の文化で日本文化の発展に貢献するということがなければつまらない。「若夏」という言葉を国体に名づけることにより、日本語に加え、日本語の表現領域をひろげる可能性に賭けようではないか（「復帰不安を衝いて」『光源を求めて　戦後五〇年と私』所収）。

と「演説」したといい、それが効いて「若夏国体」が当選したという。

「若夏」は、ニックネームの懸賞募集で出て来て、大城立裕の「推薦演説」によって浮上してきたということになるが、それまで表に出て来たことがなかったわけではない。

遠藤に、「低調だ」といわれた『沖縄俳壇の一角』に「若夏の鷗（ごめ）を放って海焼けぬ　雨條」という句が見られた。ただ句の注には「若夏は若々しい夏の意で、夏の日射もまだ弱々しい、まあ初夏の頃の意でもあろうか」というように書いていた。「若夏」の「意」についてはともかく、俳句作者の目にはすでにとまっていたことがわかる。

「若夏」は、「うりずん」の対語として「おもろさうし」をはじめ、南島の歌謡に出てくる用語である。「若夏」は、国民的な行事の開催にともなって再発見されたのであるが、「うりずん」は、一九七一年一一月に刊行された外間守善の『うりずんの島』で、広く知られるようになっていったのではないかと思われる。外間はその「まえがき」で、「巻一四の一三」のおもろを引用し、『うりずん』というのは、古いおもろ時代からの沖縄語で、大地のうるおいをいうことばで」「旧暦の二月頃から三、四月にかけ、枯れ枯れの冬季をくぐりぬけた大地が、ひそやかに黒土を盛り上げ」る頃の季節をいうといい、次のように述べていた。

さんさんと降りそそぐ夏陽の鮮烈を迎えようとするその直前の頃を、おもろ語では「若夏《わかなつ》」という。さわやかに美しい季節語である。島に生まれ、島に育った私たちにとって、「初夏」ということばなどではとうてい包みこむことのできないなつかしい語感であるが、その「若夏」と「うりずん」は、おもろ語ではシノニムである。つまり「うりずん」は黒土のうるおいをいうとともに、若夏の季節をあらわすことばでもある。

雨條がいちはやく「若夏」の語を取り入れた一句を作ったのも、「さわやかに美しい季節語」にひかれてのものであったにちがいない。その語が、七三年になると市民権を得たのであるが、七一年にはいち早く「うりずん」の再発見とでもいえるような状況が生まれていたのである。

伊波普猷は一九三〇年に「『おれづみ』『わかなつ』の二語は、オモロやおたかべの詞、その他の文語に見出されて、今では殆ど使われなくなっている」と書いているそうだが（外間守善『沖縄の言葉　日本語の世界　9』）、それが四〇年後に再発見され、生き返ってきたのである。

沖縄県俳句協会編『沖縄俳句選集　第三集』が発刊されたのは、一九八八年八月。同集には「参考資料」として久田幽明の「沖縄がみえてくる～現代俳句を通して～」が収録されているが、久田がそこで強調したのが、外間の指摘していた「うりずん思想」であった。「うりずん」が、広く共有されるようになっていたことを示す一つの証左である。

二〇〇二年五月には沖縄俳句研究会歳時記編集委員会編になる『沖縄俳句歳時記』が刊行されている。同歳時記の「ウリズン」の項目は、次のようになっている。

ウリズン（方）オレヅム（方）・ウリズミ（方）・うりずん南風（方）

うりずんとは、「おれづむ」、「うりづみ」ともいい、旧暦二、三月ころをいうことば。すなわち、新暦の三月末から穀雨にかけての季節である。その頃は、大地が潤い、山々は新緑に覆われ、生命の躍動する時期で、一年のうち最も過ごしよい温和な季節である。暖かさを増した海に、人びとが足を運びはじめるのもこの頃からである。田圃には一期作の稲が生育をつづけ、かたや麦の穂がいっせいに出そろい、三、四日も南風が吹くことがある。これをウリズンペー（うりずん南風）という。

若夏とは対語をなし、「おもろさうし」に〈おれづむが立ち居れば、吾があしやつ神あしやげ、おなり神手摩《ママ》り居ら、大君に真南風乞うて走りやせ、又若夏が立ち居れば〉とあり、八重山歌謡の「ウルジンヌ前ヌ渡ジラバ」にも対語として謡われている。

（うりずん）

うりずんの海へ放てり銀の擬餌　真栄城いさを
うりずんの仔牛の鼻の湿りをり　中村はん
おれずむや久高にまみゆ太陽の穴　いなみ悦
うりずんの陽の透き通るヘゴの谷　島袋文子
うりずんの海の青濃し原潜来　神谷石峰

うりずんのたてがみ青く青く梳く　岸本マチ子
うりずんや伝言板の丸き文字　大城栄子
うりずんや手のひらほどの旅鏡　平良佳津子
うりずんの乾きて蟹の高あるき　山城光恵
うりずんや嫁に来る娘の髪飾り　平敷千枝子
うりずんや尾鰭の跳ねる魚紋壺　西銘順二郎
うりずんや夜も明るき湾の空　山田晶子
うりずんや快速船の大飛沫　古村恵利子
うりずんやテトラポットの無言劇　上山青二
うりずんや汗の薄きは飢えにこて　進藤一考
（うりずん南風）
うりずん南風水牛を追ふ鞭の音　小熊一人

沖縄俳句研究会歳時記編集委員会編になる『沖縄俳句歳時記』は、その「編集方針」の最初に「一、本書は、まず歳時記が春夏秋冬の四季あるいは新年を加えた五部門に分けられているのが一般的であるのに対し、一月から十二月までの十二か月に分けてまとめておいた」といい、その理由として、四季の変化が乏しいことをあげ、「そこで強いて歳時記の慣例に従うことなく、月別」にしたと述べていた。

また「沖縄の歴史・民族・行事・慣習や生活については、季語としての役割はもとより、一つの資料的な面も考慮しつつ、できるだけ日常生活に即して、詳細に記録するように意を払ったつもりである」と記していた。

『沖縄俳句歳時記』の編集が「月別」になっていること、例句の説明に、沖縄の歌謡等を取り入れていること等からして、小熊の「歳時記」の影響を指摘できないわけではない。しかし、「編集方針」を見る限り、独自の判断によっていたことは明らかであり、そうであればあるほど、いよいよ小熊の先見の明に驚かざるを得ない。

『沖縄俳句歳時記』に次いで二〇一七年には沖縄県現代俳句協会編になる『沖縄歳時記』が刊行されている。その帯文に「『うりずん』『若夏』など、沖縄地方特有の季語を含む約二八〇〇の季語と、九〇〇〇以上の例句を収録」とうたっていて、一九七〇年代に新たに見出され「復活」した言葉が、沖縄の季節をあらわす代表的な言葉になっていることがわかるものとなっている。

『沖縄俳句歳時記』は、その「うりずん」を次のように扱っていた。

うりずん・おれづみ・うりづむ・うりづみ

琉球語の古語辞典『混効験集』によると「おれづんは（旧）二、三月麦の穂出るころ」とある。農作物の植え付けにほどよい雨がふるので大地の豊穣をもイメージさせる言葉であり、したがってうりずみは「潤（ウルオイ）積（ヅミ）」が訛ったのではないかといわれている。

うりずんや老女と鳩の停留所　天久チル
うりずんの風に語るや健児の碑　新城伊佐子
うりずんの果てまで続く白い道　池宮照子
うりずんの水はとばしる手押しの井戸　稲田和子
うりずんの夜は三線果つるまで　井上綾子
うりずんの野に放ちやる孕み山羊　伊野波清子
うりずんや横一文字の白い波　うえちゑ美
うりずんの空へ挑める逆上がり　上地安智
うりずんや牛舎に牛の乳ゆたか　上原千代
うりずんの風を豊かに結歌《ゆんた》聞く　浦迪子
うりずんの路地にやさしき島言葉　大浜基子
うりずんの妻という字の跳ねるかな　岡恵子
うりずんの一途な風にからまれる　おぎ洋子
うりずんのたてがみ青くあおく梳く　岸本マチ子
うりずんや模型の町の滑走路　北川万由美
うりずんの雲の重たき離島船　北村伸治

うりずんや別の生き方あるような　金城光政
うりずんや身ごもる嫁の背もやさし　金城悦子
うりずんもレシピーに入れピクニック　幸喜和子
うりずんへ一気に駆ける野山かな　小橋川恵子
うりずんのここが入り口斎場御嶽　そら紅緒
うりずんや草色染むる山羊の口　陳宝来
着弾の穴うりずんの水溜めて　筒井慶夏
ウリズンや屹立したる辺戸の山　渡久山ヤス子
うりずんの雨音近き昼さがり　友利敏子
うりずんや戦争知らぬ木の育つ　永田たヱ子
うりずんの仔牛の鼻の湿りをり　中村阪子
うりずんの君の腕を首に巻き　服部修一
うりずんに並べてさみしい子よりかな　藤みどり
うりずんや道濡れてゐる島の朝　前田貴美子
うりずんや青き風立つ石畳　前原啓子
うりずんや波ともならず海ゆれて　正木ゆう子
うりずんの名のない谷の羊歯あかり　真玉橋良子

うりずんや藍打つ人の力瘤　宮里晄
うりずんの海まで続く福木かな　安田久太郎
うりずんの風を練り込み味噌ねかす　安田喜美子
うりずんの空に重たき船の笛　山田静水
おれづみて風は野面を渡り来る　知花初枝
うりずむや黒潮匂ふ畠を打つ　神元翠峰

『沖縄俳句歳時記』の項目の説明は、必要最小限にとどめられている。ここには「うりずん」に関わる歌謡の引用は見られない。ひたすら例句を集めたといった感じである。「凡例」によると「本書の季語は、春、夏、秋、冬、新年、無季に区分し」それを時候、天文、地理、生活、行事、動物、植物に分類した、とある。そのかたちは、いわゆる「歳時記」の本道を踏まえたといえるものであった。

小熊一人によって編まれた「歳時記」の形が、少なくとも沖縄俳句研究会歳時記編集委員会編になる『沖縄俳句歳時記』まではその痕跡がたどられるのだが、ここにはない。「歳時記」の新しい時代が始まったように見えるのは、沖縄の俳壇が、充実したことにもあるだろう。例句にことかかなくなったどころか、その選択に苦労するようになったのである。

一九七九年に発刊された小熊の『沖縄俳句歳時記』から二〇一七年発刊された沖縄県現代俳句

協会編になる『沖縄歳時記』までの三〇数年の間に、沖縄の俳壇は、多くの俳人を輩出し、数多くの句作を得ていたのである。そしてその要因の一つには、少なくとも沖縄の古語の再発見というのがあったといっていいだろう。これから訪れて来る時代の生み出していく新しい言葉に関してはいうまでもなく、今では忘れさられてしまっている古語の再発見がいかに大切であるかということを「うりずん」は、見事に語っていた。

＊本稿は、二〇一八年六月沖縄県現代俳句協会の集会で話したのに手を入れたものである。

補注：小野十露の「琉球歳時記」が、『沖縄教育』に発表されたのは一九四〇年（昭和一五年）七月。小野はそこで「三月」の項に「三月は昔からをれづむといって、温いのび〳〵した季節になる」といい、「四月」には「沖縄の神歌おもろには「若夏待たな」とか「若夏がなれば」とか若夏といふ言葉がよく使ってあるが、初夏などといふ言葉に較べていかにも、南国の美しい夏の初らしいいゝ感じをもつている」と述べ、「季題分類」の「春」の項の「事項」に「おれ《ママ》ずむ《ママ》」「若夏」をあげていた。沖縄の「歳時記」というだけでなく、「うりずん」をいちはやく取り上げていたことで、まっさきに紹介しなければならない論考であるが、本稿では「戦後」に力点をおいたこともあり、触れてない。後のことになるが、そのことで、安里琉太の「沖縄における歳時記～季語生成の言説とネーションの美学」（『現代短歌』二〇二〇年五月）から多くのことを学ぶ事ができた。

沖縄文学歳時記

はじめに

沖縄の文学作品を歳時記風にたどってみたい。

その前に「歳時記」なのだが、『ブリタニカ国際大百科事典』で「歳時記」の項をひくと「歳事記とも書く。俳諧の季題、季語を集め、季または十二カ月に分けて整理し、さらに解説、例句を加えたもの」とあります。また同語を『広辞苑』で調べてみると「一年のうち、そのおりおりの自然・人事百般の事を記した書」とあります。

「歳時記風」にというのは、両者の説明に見られるように「自然・人事百般」にわたる出来事を「十二カ月に分けて」配置してみたいということです。もう少し具体的に言うと、大切な著作の刊行された月や大切な作品にみられる歴史的な出来事の起った月日、印象的な月日の記載に着目し、それらを適切に配置し、紹介していきたいということです。

「琉球」から「沖縄」へ——三月

是非知っていて欲しいことから始めたいと思います。とはいえ、最初から、漢字の目立つ文章では、身を引いてしまいそうですが、そこをなんとかこらえて、読めない文字は無視ということにして、まずは、ゆっくり目を通して下さい。

同七日衆官吏及び士族平民数百人参集したれば下庫理書院近習内宮各所より藩王儀状鹵簿器具図書及び衣衾絹綉布疋等を蔵むる箱櫃箪笥其他数百年来経営聚蔵せられたりし百般の器具物件を悉く中庭に持ち出し倚畳堆積すること山の如し之を荷造りして夫卒に荷担せしめ紳徒士輩之を護衛し中城殿及び按司親方等の大家に運搬し朝より晩に至るまで絡繹相絶えず喧囂雑遝し満城騒擾を極む。

琉球王国崩壊、首里落城の様子が見えてきたでしょうか。数百年来収蔵されてきたありとあらゆる宝物が、首里城から運び出されるその喧騒、騒擾のさまが、喜舎場朝賢の『琉球見聞録』には克明に記されています。

右の「同七日」は、一八七九年（明治一二年三月二九日　旧暦）。「歳時記」を三月からはじめたのは、首里城からの琉球国王の退場、すなわち「琉球」が「沖縄」になったことを象徴する出来事が起った月であったということによりますし、また、その三月の事件を扱った作品があることによります。

山里永吉の戯曲「首里城明渡し」がそうです。一九三〇（昭和五年）年に書き上げられると同時に大正劇場で演じられたそれは、沖縄芝居にとって画期的な出来事となったばかりか、その後、時代の大きな変わり目ごとに演じられ、その都度観客に大きな感動を与えてきました。「命ど宝」という言葉はご存知でしょうか。「沖縄のこころ」というと、すぐに「命ど宝」という言葉が出てくるかと思いますが、それは山里の芝居に由来するものなのです。命こそなにものにも代え難いもの、沖縄文学歳時記を三月から始めた大きな理由でもあります。

幻の作品集――一月

「歳時記風」とは言え「歳時記」に則るわけですので、一月に戻ります。

先に触れました通り、「琉球」が「沖縄」になったのは一八七九年。琉球王国の解体によって「沖縄県」になるわけですが、そのことで文学の歴史も大きく変ります。学校教育が「日本語」でなされることになって、主流であった琉球方言表現になる作品から「日本語」による表現になる作品へと変っていきます。そして「日本語」になる小説が書かれるようになるのですが、沖縄文学研究の先駆者として知られる岡本恵徳の「近代沖縄文学史論」によれば「沖縄の文学に「小説」の名称を冠した作品が登場したのは、一九〇八（明治四一）年九月一四日『琉球新報』に発表された「断縁」（若僧作）からである」といいます。「琉球語」で暮らし「日本語」を修得した世代の書いた初期の小説は「身辺雑記的な作品が多く稚拙をまぬがれていない」ということですが、そのあと、どのような歩みが見られたのでしょうか。それを鳥瞰できる作品集『沖縄近代文芸作品集』が刊行されたのが一九九一年一月一〇日。

一月は、作者一八人、三〇編を収録した幻の作品集をめくってみるというのはどうでしょう。読みようによっては、思わぬ発見の連続ということになるかもしれません。

翻案詩の試み――二月

明治になって「三十字詩」と呼ばれるようになる琉歌や、琉球漢詩などといった琉球王国時代から盛んに作られていた「詩」ではなく、明治以降の「日本語」時代になってうまれてきた「詩」は、一八九三（明治二六年）年、文学者になるために上京し、『明星』の同人となり、同誌上に数多くの詩篇を発表するようになる末吉安持あたりから始まったといっていいでしょう。そして漢那浪笛、山田裂琴、上間槫花などが活躍するのですが、彼らの詩作は、同時代の「日本」の詩人たちの影響が顕著です。彼らの詩作が、忘れ去られていったのも、そこに独自の表現が見られないといったことによるのでしょうが、沖縄であることをしっかり踏まえて出来上がった沖縄の詩といえば、世禮國男の詩から始まるのではないでしょうか。

世禮の詩集『阿旦のかげ』が刊行されたのは、一九二二（大正一一）年一月一五日。「著者は南国の風温かき琉球が生みし最初の詩人である」といい、その「詩想と情趣は詩壇にはじめて明確なる地方色を表現せしもの」といい、「日本唯一の『古謡』たる琉歌の自由訳に至りては真に民謡の精髄を採りて近代人の感覚に触れしめしもの」といった広告が出ますが、「最初の詩人」云々はともかくとして、「明確なる地方色を表現」したものであるという指摘、そして「琉歌の自由訳」を評価している点などさすがだと思わせるものがあります。

「琉球語」表現になる作品を「日本語」へ翻案した詩を収録した詩集『阿旦のかげ』は、沖縄の詩人が刊行した初めての詩集であるといわれていますが、そのあと新屋敷幸繁、山口芳光、伊波南哲、津嘉山一穂といった詩人たちの詩集が相次いで刊行され、一九三八年（昭和十三年）には山之口貘の『思弁の苑』が刊行されます。

金子光晴、佐藤春夫の序文、序詩に飾られた詩集は、その独特な表現によって「日本詩壇」に大きな驚きをもたらしたのではないでしょうか。貘も当初は「輝く言葉の街」に憧れて沖縄を脱出していったのですが、戦後になって始めて帰郷したとき、「沖縄語」で挨拶したところ「島の人」が「日本語で来た」ことに戸惑います。

「沖縄語」をめぐる愛と憎しみというと、ちょっと気恥ずかしくもなりますが、沖縄の表現者たちにとって「日本語」「沖縄語」をめぐる問題は、一筋縄ではゆかないものがあったことは間違いありません。

芥川賞作家の登場——四月

沖縄で最初の芥川賞作家となった大城立裕の作品「カクテル・パーティー」が発表されたのは『新沖縄文学』第四号。

『新沖縄文学』が創刊されたのは一九六六（昭和四一）年四月。大城立裕、嘉陽安男、船越義彰を戦後作家の第一世代とすれば長堂英吉、星雅彦、栄野弘らの第二世代そして大城、東峰夫に続いて芥川賞を受賞する又吉栄喜、何度か芥川賞の候補に挙げられた崎山多美をはじめとする第三世代の作家たち、そのあとにやはり芥川賞を受賞した目取真俊などが続いていきますが、大城から目取真までの作家たちが活動した雑誌です。

『新沖縄文学』は、有力な作家たちを輩出させるとともに、それこそ多彩多様な特集を組むようになるのですが、その中でも沖縄憲法草案や天皇制そして反復帰を取り上げた特集、舌禍事件を起こしたことで筆者によって掲載禁止を宣言された作品、広津和郎の「さまよへる琉球人」の復刻掲載、戦後文学特集といったことを行い世論を沸かせました。

沖縄では、どんな雑誌が刊行されていたのでしょうか。明治期に刊行された新聞の広告や記事等から少しは拾えるのですが、その殆どが消えてしまっています。「日本」で発刊されていた雑誌の一つである『文章倶楽部』の一九二七（昭和二）年一二月号に掲載されたエッセーを見ると、『珊瑚礁』『路上』『版画と詩』『上之蔵』といった雑誌のあったことがわかりますが、今見ることのできるのは『上之蔵』の一冊だけ。戦争前には『月刊文化沖縄』があります。これは例外中の例外ともいえるものですが、その表紙絵一つとっても時代の動向が窺えるものとなっています。

『新沖縄文学』の終刊は一九九三年五月。九五号をもって終わった雑誌の果たした役割は、想像を絶するものがあるように思います。『新沖縄文学』をはじめ、沖縄の雑誌の歴史、それはこれからの沖縄研究の大きな課題の一つになっていくはずです。

ペルリ上陸——五月

旗艦サスケハナ号に搭乗したペリー提督が、ミシシッピー号、サプライ号、サラトガ号を率いて那覇港沖に姿を見せたのは一八五三年五月二六日。同日の寄港から翌五四年の夏まで都合五回那覇に寄港することになるのですが、これまでの異国船の来琉とくらべ、比較にならないほど大きな衝撃を琉球人に与えたのではないかと思います。

ペルリの沖縄来航については『ペルリ提督日本遠征記』を読んで欲しいのですが、そのペルリの沖縄来航に材を得た作品が上間正雄、山里永吉、石野径一郎、長堂英吉等によって書かれています。上間の「戯曲　ペルリの船」は、ペルリの船に乗って世界を見て廻りたいと思う明治の青年の夢とその挫折を描き、山里の戯曲「ペルリ日記」は、実力のある国を作ることと国難に殉じようとする下僕の忠義を取り上げ、石野の「琉球の孤独」は、奴隷のようなあり方からの解放と日本への一体化に焦点を絞り、長堂の「ペリー艦隊殺人事件」は、植民地的情況を照らし出したものであり、それぞれに時代をよく反映するものになっていたといっていいでしょう。

歴史的事件をどう読むか。ペルリ来航を下敷きにして、ひとつ、歴史と小説をめぐる討議に参加してみませんか。

島歌の世界——六月

縁台を出して夕涼みをしているとどこかから三線の音が、といった風情はすでに遠いものになってしまったという思いがないわけでもないでしょうが、六月になると三線の音があちこちから聞こえ出してきますよね。

民謡の宝庫八重山の節歌を集めた喜舎場永珣の『八重山民謡誌』が刊行されたのは一九六七年六月三〇日。本田安次によると一九二四（大正一三）年に上梓された『八重山島民謡誌』を改訂、増補したものであるといいますが、そのことはともかく、「石垣島の部」四五編、「離島の部」四八編、計九三編の歌は、そのどれをとっても愛惜おくあたわざるものがあります。島の上にかかる白雲は、白雲ではなく私ですと歌われ、切り開いた山の道に白い布を敷いておきますから、その上を歩いてきて下さいと歌い、船の上に乗れないのなら、貴方の懐の中にいれて連れて行ってくださいと歌いあげた歌の数々は、青春そのもののあなたの心を激しく揺さぶるものがあるのではないでしょうか。『八重山民謡誌』を読んだら、きっとそのあと宮古島の民謡、沖縄本島の民謡、奄美の民謡が読みたくなるはずです。そして三線を弾いてみたいと思うようになれば、あとはエイサーにでかけるだけ、ということになります。

三本の柱——七月

沖縄で学ぶ以上、沖縄戦を避けて通ることはできません。そこで沖縄戦を知るための基本的な図書ということになります。

沖縄戦の特徴をなすものとして（1）女子生徒たちの従軍、（2）男子生徒たちの従軍、（3）一般住民を巻き込んでの戦い、といったことが挙げられます。(1)に関しては一九五一年七月十日に発行された仲宗根政善『沖縄の悲劇――姫百合の塔をめぐる人々の手記――』、(2)に関しては一九五三年六月五日発行になる大田昌秀、外間守善編『沖縄健児隊』、(3)に関しては一九五〇年八月一五日に発行された沖縄タイムス刊『沖縄戦記　鉄の暴風』があります。

沖縄戦記の重要な柱をなすといっていいそれらを、今かりに三本の柱と呼ぶことにしますが、三本の柱が強調したのは「実録」「事実」「実相」であるということでした。

兵士たちによる沖縄戦記、従軍した男女学徒たちの戦記、一般住民の戦記そして作家によって書かれた沖縄戦記というように、多様な戦記がそれこそ引きもきらず書かれ、刊行され続けていくのですが、三本の柱となる戦記が刊行された五〇年代初期には、「事実」が「次第に誤り伝えられ伝説化しようとしている」という事態が起っていたのです。

「事実」を伝えるということは困難にちがいないのでしょうが、その努力を怠ったとき、さらなる悲劇が起るということを、それらは伝えようとしたのです。

ちょっと異風な恋の詩――八月

山之口貘については、二月の項で紹介しましたので、例えば一九二六(大正一五)年に刊行された小那覇全孝編『琉球年刊歌集　第一集』といった、これまた幻の歌集とでもいえる歌集に収録された明治、大正期に活躍した歌人三三人の短歌を紹介したほうがいいのではないかとも思いましたが、一九三八年（昭和十三年）八月に刊行された『思弁の苑』のなかの恋の歌、それもちょっと異風な恋の歌が心にかかって、再度登場していただくことにしました。貘の恋の詩とは、なんて説明するよりまず読んでいただきましょう。

「誰かが／女といふものは馬鹿であると言ひ振らしてゐたのである。／そんな馬鹿なことはないのである／ぼくは大反対である／居候なんかしてゐてもそればかりは大反対である／だから／女よ／だから女よ／こつそりこつちへ廻はつておいで／ぼくの女房になつてはくれまいか。」

恋の詩というと、何となく心の奥に秘めた思いを表白した繊細な言葉のつらなりを思い浮かべてしまうのではないのでしょうか。少なくとも「馬鹿」や「大反対」や「居候」や「女」や「女房」なんていう言葉は、恋の詩ではあまり見ませんよね。そういう恋を語るに相応しくないと思える言葉を使って、間違いなく恋の詩になっている詩、それを独特な表現というのですが、貘の詩のすばらしさは、そのように私たちの身近に転がっている言葉をひろいあげて、あっといわせる世界をつくりあげたところにあるといっていいでしょう。こんな詩人、ほかにはいませんよ。

珠玉の小品集――九月

芥川賞、直木賞を初めとして文学賞はそれこそ無数といっていいほどにあるようですが、沖縄でも「新沖縄文学賞」「琉球新報短編小説賞」といった賞をはじめ幾つかの文学賞があります。

一九九三年九月一〇日に発行された『沖縄短編小説集』は、「琉球新報短編小説賞」受賞作品一八編を収録したもので、それこそ珠玉の作品を納めたものとなっています。例えば下川博の「ロスからの愛の手紙」や比嘉秀喜の「デブのボンゴに揺られて」。結婚してアメリカへ渡ったものの言葉が不自由で静養のため沖縄に戻ってきて、小さな店を出しているところへ、かつての級友が飛び込んできてはじまっていく物語、アメリカに行くことを望む夫が、妻の頑強な反対にあって、とうとう沖縄に住み着いてしまう物語等は、きっと強い印象を残すに違いありません。それらはまた、沖縄を考えていくさいのもう一つの大切な問題、沖縄とアメリカとの関係をみていくさいの大切な手がかりともなって行くものですが、その点からいえば又吉栄喜の「カーニバル闘牛大会」、中原晋の「銀のオートバイ」、上原昇の「一九七〇年のギャング・エイジ」なども見逃せないものになるでしょう。

そしてあと一つ。収録作品一八編の作者のなかには、琉球大学と関わりのある者が多数数えられるのですが、とりわけ注目されるのが先にあげた上原と「魚群記」の目取真俊です。清新な感性に溢れる作品は、彼らが琉球大学に在学する大学生であったことと関係があるのではないでしょうか。皆さんも挑戦してみたらいかがでしょう。その前に、作品集をくりかえし読むことをお忘れなく。

南国の歳時記——一〇月

一月鬼餅《むうちい》、二月ジュリ馬、三月蒲葵《くば》の花、四月清明祭《しいみい》、五月復帰記念日、六月沖縄忌、七月芭蕉布、八月エイサー、九月ウンジャミ・海神祭、一〇月カジマヤー、一一月九年母、一二月イザイホウーといったのが『沖縄俳句歳時記』には見られます。同書の初版が刊行されたのが一九七九（昭和五四）年一〇月。一九八五（昭和六〇）年には「季語・例句の増補修正」がなされて改訂版が刊行され、一九九五年には瀬底月城『沖縄・奄美南島俳句歳時記』などが刊行されますが、これらの歳時記ほど格好な沖縄入門書はないのではないでしょうか。ジュリ馬、イザイホウーなど消えてしまったのもありますが、それらにかえて二〇日正月、冬至雑炊など上げてもいいでしょう。いずれにしても、それぞれ心はずませるものがあります。歳時記が俳句作品と切っても切れない関係があることから、沖縄の俳句を知る大切な手だてにもなるはずです。

明治の俳句は如風会、名護二葉舎にはじまります。そしてガジマル会、カラス会等の結社が出来ていきます。各結社の同人たちが新聞誌上に発表した俳句はそれこそ膨大な量にのぼります。沖縄の近代俳句に関する研究はこれからだといっていいでしょうが、そのほとんど未開拓の分野に挑戦するのが出てきてほしいものです。

アカバナーを植える——一一月

「自分の生きたしるしに、この地にアカバナーを植えようということでした」と語る老女の語りになる「ノロエステ鉄道」をはじめ「南米ざくら」「はるかな地上絵」「ジュキアの霧」「パドリーノに花束を」を収録した大城立裕の『ノロエステ鉄道』が発刊されたのは一九八九年一一月一〇日。

一九〇〇年ハワイへの集団移民がはじまったのを機に、一九〇四年にはメキシコ、フィリピン、一九〇五年には仏領ニューカレドニア島、一九〇六年にはペルー、一九〇八年にはブラジルといったように沖縄の人々は海外へ流れ出していきます。沖縄を飛び出していった動機は、それぞれに異なるものがありますが、そのひとつに徴兵忌避があります。「ノロエステ鉄道」の語り手である老女の夫は、徴兵忌避者で、そのことで幾重にも屈折した生き方を余儀なくされますが、彼が「アカバナー」にこだわった心情を読み取ることができれば、沖縄移民たちに少しは近づけるのではないでしょうか。沖縄の作家で、海外に渡った沖縄人たちに焦点をあてた作品を書いたのは過去に『ハワイ』の宮城聰がいるのですが、沖縄の文学を豊穣にする一つに「移民文学」があるのは間違いないはずです。『世界のウチナーンチュ』全三冊を目にするたびに、いよいよそのことが強く思われます。

「琉球語」への固執――一二月

ハワイには邦字新聞が何種類かありますが、そのうちの一つ『ハワイ報知』は一九八〇年一月一七日「ハワイ琉歌会の発会座談会」が「六日午後一時十五分からヌアヌYMCAで開かれ」たと報じています。また八〇年二月一日『ハワイ・パシフィック・プレス』は「さる十二月に発足したハワイ琉歌会（代表幹事・比嘉武信氏）は、一月十日、午後一時十五分からヌアヌYMCAで第一回月例会を開き、会員詠草の琉歌を互選した」と報じています。ハワイで琉歌会が結成されたのは、勿論沖縄出身者が数多く居住しているということにありますが、それだけでしょうか。

ハワイ琉歌会の作品は発足以来毎月『ハワイ報知』『ハワイ・パシフィック・プレス』に掲載されるようになりますが創立一周年に当って『琉歌集　ハワイ琉歌会創立一周年記念』を発行、以来『ハワイ琉歌会同人集　創立満五周年記念誌』『微風　ハワイ琉歌会創立十周年記念誌』『アロハ　ハワイ琉歌会創立十三周年記念誌』『貫花　ハワイ琉歌会創立二十周年記念誌』といったように琉歌集を刊行、その活動の息の長さには驚かされるばかりです。「沖縄語」を知っている世代が消えると、琉歌も消えてしまうのでしょうが、ハワイの琉歌会が沖縄文化の誇りであることは間違いありません。異国に花開いた沖縄の歌に触れることで、いよいよ沖縄の表現に魅せられるといったことがあるのではないでしょうか。

むすびに

沖縄の近代文学の全体像をどうすれば、僅かの紙面で紹介できるか考えた末にたどりついたのが「歳時記風」でありました。もうすこし面白いものになるはずだったのですが、そこまではいくことができませんでした。心に残ったことを語るのに、心に残るような語りができないというのはおかしいと思うのですが、まずは沖縄文学入門編ということで、終わらせていただきます。

＊『やわらかい南の学と思想　琉球大学の知への誘い』（琉球大学編　二〇〇八年）より

歌劇のこころ

二〇二〇年一〇月二五日、琉球歌劇保存会は、三〇周年記念にあたって「第二次認定者七名」（八木政男、瀬名波孝子、吉田妙子、平良進、嘉数好子、上江洲由孝、真栄田文子）の方に出席していただき、崎山律子さんの司会で「歌劇の心を語る」と題した「座談会」を行っています（『創立三十周年記念誌　琉球歌劇の世界』）。

崎山さんは、そこで「歌劇の魅力やそれぞれの歌劇との出会いなどを話して」いただきたいと前置きし、八木政男さんへ「歌劇というのは沖縄の演劇の中で、どんな位置を占めていると思いますか」という質問から始めていました。

八木さんは、崎山さんの質問に答えて「歌劇は沖縄芝居の基本です」といい、まずその発生、そしてそれがどう展開していったかについて話しています。崎山さんは、八木さんの話を要約し、「歌劇は沖縄の基本だとおっしゃったのは、組踊の様式性とは違って、私たちの感情を乗せる、演劇のスタイルですよ、ね」と確認していました。

歌劇は「私たちの感情をのせる、演劇のスタイル」であるという崎山さんの言葉から、「どのような感情」を「どういう形で」、といった大切な問題にさっそく踏みこんでいくこともできるでしょうが、先を急がず、もう少し、八木さんとの問答を追っていきたいと思います。

八木さんは、崎山さんの「私たちの感情をのせる、演劇のスタイル」という言葉を受け、歌劇の「一番すごいことをやったなと思うのは」として、「すごい曲数」、それも「大島の歌、沖縄本島の歌」「宮古の歌も八重山の歌も」取り入れている点をあげていました。

歌劇が、「すごい曲数」の組み合わせでできていることは、誰もが認めざるを得ないことでしょう。八木さんは、その「すごい曲数」について触れた後、さらに「それと歌劇の一番の魅力というと、つらね」だと続け、「この二つは歌劇の中で、見る人聴く人を惹きつける要素」だと述べていました。

歌劇について話すということになれば、八木さんの「この二つ」すなわち、曲数の多さとつらねを抜かす事はできないはずです。歌劇の特徴ということでは、確かにそうですし、忘れてはいけないことですが、本日は、そのような曲やつらねといった特徴についてではなく、もう少し別の面から歌劇を見ていきたいと思っています

1

前置きが長くなってしまいましたが、私は、当初、大正八年か九年に創作された真境名由康作の「淵」をとりあげて、それをめぐる歌劇の盛衰について話そうと思っていました。しかし、与えられた課題は「琉球歌劇の心について」ということで、はたと困ってしまいました。しかもその課題は、なんと三〇周年記念としてなされた座談会と同じ「歌劇の心」ということで、それなら、改

めて私が話すまでもないのではないかと思い、お断りしたところ、断固拒否されたのであります。そこで奮起し、思いついたのが、明治期、大正期、昭和戦前期の三期からそれぞれ一本ずつ選んで、それぞれについてみていくのも悪くないのではないか、ということでした。

そこで選んだのが「泊阿嘉」（明治四三年、一九一〇年）、「伊江島ハンドー小」（大正一三年、一九二四年）、「中城情話」（昭和九年、一九三四年）といった作品であります。三作は、ほぼ一〇年越しに創作されているのですが、いずれもよく知られた名作で、紹介する必要もないほどですが、歌劇の研究者たちは、それぞれの作品をどのようにみたか、そのあたりから始めてみます。

まず、「泊阿嘉」についてですが、矢野輝雄は、次のように、紹介していました。

那覇市久茂地村（中略）、そこに住む阿嘉家の嫡子、その名は樽金。三月三日の節句の浜遊びに伊佐殿内（略）の娘鶴を見染め、泊高橋を渡っては九十九夜通う。（中略）

鶴の乳母は、泊高橋で樽金に会い、彼女あての恋文を託されるが、鶴は恥じてこれを火中にする。しかし内心は樽金にひかれ、ひそかに樽金と逢う。

しかし、二人の恋は両家の父親の容れるところとならず、一徹な阿嘉の父は一人息子の身を案じ、伊平屋島（略）へやり、二人は仲をさかれる。

女は恋の病に伏し、樽金への手紙を乳母に託して死ぬ。伊平屋より帰った樽金は、折から道に墓参に急ぐ乳母とばったり会い、鶴の死を知る。

樽金は彼女の遺言状を読み、墓前に悶死する。

細かい点では捕捉しなければならない点もあるかと思いますが、矢野の粗筋からでも分かる通り、「泊阿嘉」は、一言でいえば、惹かれ合いながら結ばれることのなかった恋を描いたものであった、といっていいでしょう。

「泊阿嘉」といえば、そのように、実ることのなかった恋の物語であるというのがわたしたちの受け取りかたではないかと思います。そしてそのことに異論があるとも思えませんが、その結ばれることのなかった恋について、大野道雄はその著書『沖縄芝居とその周辺』で「二人は互いに思いながらも、恋愛を貫くために積極的な行動にどちらも出ていかないのです。思鶴は思いを胸に秘めながらも、部屋に閉じこもっているばかりで、ついに病気になってしまいますし、樽金も父親に伊平屋行きをいわれても、一言も云わないのです」といい、「二人には封建的倫理に対する批判もなく、現状を打開しようとする行動のないまま、唯々諾々として従ってしまうわけで、はじめからこの恋が悲劇におわることは決まっているようなものです」と述べていました。大野の前に、池宮正治も「『泊阿嘉』評判記」のなかで、二人は「現状を打開しようとしない」といい、「戦わずして彼らは現状打開を放棄している。だとすれば彼らの恋はもともと破滅的な終点へ敷かれたレールの上を走っていたとしか言いようがない」と指摘していて、大野の論は、池宮のそれをなぞったもののようにみえますが、それが、ひいては「泊阿嘉」の一般的なみかたということになるのでしょう。

大野は、さらに次のように続けていました。

双方の親が頑固なわからずやならともかく、二人の死後、ようやく事情を知った父親たちは「せめてあの世で夫婦にしてやろう」と死んだ二人をいっしょに弔うことにして後生結婚させてやるのです。ハッピーエンドで終わるのは沖縄の芝居の通例であるとはいえ、こんなに物わかりのよい親たちであれば、ひとことといえばなにも二人は死ぬことはなかった、いったい二人の苦悩はなんだったのだろうと思ってしまいます。

大野はそのように「泊阿嘉」の二人の恋について、述べていました。しかし、よくよく考えてみますと、「二人は互いに思いながらも、恋愛を貫くために積極的な行動にどちらも出ていかない」という指摘は、結果的にそうであっても、例えば男が女のもとへ「九十九日」も通いつめていること、女が「与所に片付ける、話」をする父親に同意しないでいる点などに目を向ければ、「二人には、封建的倫理に対する批判もなく、現状を打開しようとする行動のないまま、唯々諾々として従って」いるとはいえないのではないかと思います。また、双方の親が、死んだ二人の「後生結婚」を執り行うのは、「物わかりのよい親たち」であったからだとは必ずしもいえないのではないかと思います。せっかくですので、もう少し、大野の「泊阿嘉」についての評につきあっていくことにしましょう。

大野は、「内容的な弱点をもちながら、『泊阿嘉』が今日まで名作と呼ばれ、人気を保ってきた理由の一つは、やはり歌劇という形式にあるでしょう。歌が生活のなかに今でも息づいている沖縄では、歌、民謡の魅力は本土の人では理解できないほど強いのです」といっています。それは、八木さんが話していた「歌の数の多さ」を強調したものであり、歌劇の人気の秘密を指摘したものであったわけですが、その「歌」について、「歌劇の歌は、内容的な弱さをカバーするほどの力を持っているのですが、あくまで歌が抒情的なものであるだけに、どうしても複雑な内容のものにはむかず、単純化されることになりますし、現代的な内容を盛り込むのはむつかしくなるという弱点を抱えているといえるでしょう」と評していました。

戦後、歌劇の発表が少なくなり、評判になるほどの新作が出ないのは、大野が指摘しているように、「歌が抒情的なものであるだけに、どうしても複雑な内容のものには」むかないということによるのかどうか、再考してみる必要があるでしょう。

大野の「泊阿嘉」論に、思わず時間をとってしまいましたが、もとにもどりますと、「泊阿嘉」の人気は、「歌の数」や「つらね」にあるというのは間違いありませんが、それだけではなく、そこにあといくつか、付け加えるべきものがありそうです。

「泊阿嘉」は、ご存じのとおり、「三月三日」思鶴が乳母とともに赤津浦に「螺拾い」にいく場からはじまります。それは、まことに人々の心を惹きつけていくものをそろえた始まりであるかと思いますが、私が注目したいのは、阿嘉が、「思鶴にこの文や渡ち呉んしゃうり」といって乳母に手紙を渡すところであります。「泊阿嘉」は、丁寧に見ていくと、実にこの「文（手紙）」をめぐる物語であることがわかります。

まず阿嘉が、思鶴に渡すよう乳母に「文」をたのみます。乳母は、その「文」を思鶴に渡します。思鶴は、渡された「文」を焼いたように見せかけます。乳母はそれを見て、阿嘉に、思鶴はあなたの「文」を受け取って燃やしてしまったと告げます。

思鶴は、伊平屋に渡った阿嘉からの「音信」すなわち「文」がないことを嘆くと同時に、自分の命が燃え尽きる寸前であることを知り、阿嘉に渡すよう乳母に「文」を託します。乳母は、伊平屋から戻って来た阿嘉に、思鶴の遺言であるとして「文」を渡します。

二人の関係は、そのように「文」にはじまり、遺言となった「文」で終わっていくかたちになっているのがよくわかります。そして「文」は、ここが大切だと思われますが、思鶴が「義理恥も忘すて　あまた思事の　はしばしゆだいんす　書よしたためて」とある通り、胸中の思いを包み隠さず書くことのできるものでありました。阿嘉の「文」がどのように書かれていたかは分かりませんが、「九十九日」も通いつめていたことを考えれば、それが、どのような文面になるものであったか、想像できないことはないはずです。

いわば思鶴の遺言の「文」それは「つらね」と呼ばれる形式になるものであったのですが、そしてそれは、阿嘉の「文」を受けて、直接的には「音信」のないのを嘆いて書かれたものであったといっていいのですが、その結びは「とかくままならぬ　浮世ていともて　誰も恨めゆる　ことやまたないさめ　このままに土と　朽ちはててやり　肝や里おそば　朝夕はなれらぬ　里が行末や

波たたぬごとに　草の下かげに　お願いしちをもの　ながらへていまうれ　お待ちしゃべら」となっていました。

「泊阿嘉」の基調をなしているもの、その骨格をなしているのは、「文」の最後、すなわち思鶴の「遺言」の最後に記されている、この世はうまくいかないが、誰を恨むこともなく、あなたの行末を見守り、お待ちしています、という、ところにあるのではないかと、いうことです。思鶴のこれ以上ないほどの恋慕う言葉で満たされた「文」に、人々は、感涙したといっていいのではないかと思います。

「お待ちしゃべら」というのは、一見消極的にみえるのですが、相手を信頼する心がなければ、できないことではないでしょうか。そして、樽金は、それによく答えた、といっていいでしょう。それは、死を介してなされた究極のかたちになっていますが、「泊阿嘉」が人気を呼んだのは、「文」を介して信じあったその姿にあったといっていいでしょう。

待つことを象徴するといってもいい「文」を柱にしたのは、大きな発見であったと思います。

2

次に、大正期の名作として評判の高い「伊江島ハンドー小」についてみていくことにします。「伊江島ハンドー小」についても、あらためて紹介する迄もないと思いますが、矢野輝雄は、次のように、まとめていました。

辺士名の宇栄口屋の娘ハンドー小は、伊江島の地頭代の息子加那と馴染むが、男には妻があり、伊江島につれもどされる。船頭の義侠で伊江島にわたったハンドー小は、村人たちにいじめられ、加那との仲をさかれ、自らもかもじ（入れ髪）で首をくくって死ぬ。一方加那は高熱にうかされ、女の亡霊のために髪で首をしめて死に、地頭代は幻に悩まされ妻や妹を殺し一家は滅ぶ。

矢野は、そのように「伊江島ハンドー小」の粗筋を述べ、その題材および真境名の関心、そして初演の配役等に触れたあと、「伝説によれば、女は男の屋敷の木の枝で首をつって死んだとされているが、これを入れ髪（かもじ）で首をくくって自殺するという前代未聞の方法にかえたのは芝居の創作であり、またマチ小という姉思いの従妹を登場させてより人間味ゆたかな作品としたのは、真境名由康のすぐれた創作手腕を物語るものといわねばならない」と述べていました。

「伊江島ハンドー小」が、大正五年には「女の執念」として舞台化されていました。それが真境名によって歌劇に作り変えられて人気を呼びます。その点について、矢野は触れているわけですが、その創作談義については割愛し、「伊江島ハンドー小」が「喝采を浴びた」点について見ていきたいと思います。

「泊阿嘉」について論じた大野道雄は、「伊江島ハンドー小」が「当時の女性観客」に「喝采を浴びた」と思われる理由について、「泊阿嘉」と比較し、「ハンドー小」は「寝ているばかりでは」なく、結婚など望むべくもなかったのに「諦めなかった」ばかりか、男を探しに島にわたり「武者ぶりつくほど積極的な行動」をしているといったことをあげ、次のように述べていました。

結局男に裏切られ、家族にも拒絶されて自殺しますが、亡霊となって現れ、女を弄んだ加那はもちろんのこと、人情も知らぬ島村屋の一家を女の執念で亡ぼし復讐を遂げるのです。ここには、死ぬほどの思いをしながらも、社会の決まりにただ黙って従うだけの女性の姿はありませんし、愛する男のために自己犠牲に徹する女性の姿もありません。亡霊になってでも、世の非道を許さず、懲らしめるという強い女の意思があり、それが当時の女性観客の喝采を浴びたのだろうと思われます。

「伊江島ハンドー小」の女性は、大野道雄が述べている通り、積極的であり、それが引いては自死へと向かわせ、果ては亡霊となり、裏切った一家を滅亡に追い込んでいくのですが、それは「泊阿嘉」の女性からは、想像することも出来ない程に遠いものとなっているというのです。

「伊江島ハンドー小」は、大野の論によれば、女の執念が、相手の一家を亡ぼしていく復讐物語であるということになります。そしてその「復讐」劇に、「喝采」したのは、「亡霊になってでも、世の非道を許さず、懲らしめるという強い女の意思」の発現が見られるからだというのです。

確かに、「伊江島ハンドー小」は、大野がまとめている通りの物語だといっていいでしょうし、喝采は、女の執念がかなったことに対するものであったのでしょうが、その復讐劇には、これまた、一つの発見と言っていいものがあって、そこに人々は、強く心を打たれたのではないかと思われます。

「伊江島ハンドー小」の台本を見ていきますと、「一言葉（ちゅくとぅば）」という言葉が出てきます。そしてそれは、大切な場面で繰り返し出てきます。

その「一言葉」が最初に出てくるのは「序幕」の、加那と加那の妻との場面です。二回目は、マチ小とハンドー小の場面、三回目はハンドー小と船頭主との場面、四回目は、船頭主と加那の父との場面、といったところに出てまいります。

「序幕」では、島に戻るのだから、せめてそのことだけでも伝えたい、というように、二番目では、行くなら行くということだけでもいって欲しかったのにそれもなかった、というように、三番目は、逢って言いたいことがある、と、四番目は、戻っていくのに何もなかった、と、それぞれに大切な局面でその言葉が出てくるのです。

もう少し、具体的な形で跡付けていきますと、その言葉は、最初加那が口にします。しかしその「一言葉」は、妻の反対で、口にされません。それを受けるかたちでハンドー小は、男から「一言葉」もなかったと繰り返し口にします。ハンドー小は、男に会って逆に「一言葉」を言いたいので船に乗せて欲しいと船頭主に頼みます。そして島に渡った女は、男を探し出し、男が口にした言葉を確かめますが、男は、あの時の言葉は、「旅の上」でのものであり、「幾世までぬ契りやあらんさ」と答えています。女は、男の心変わりを知り、自殺します。船頭主とハンドー小の従妹が、男の家を訪ね、ハンドー小の死を告げ、その「骨魂」を故郷に連れて帰るので、その前に「手ーうさーしみらんで」と思って、やって来たというと、男の親は、聞く耳をもたないどころか悪態の限りをつくします。船頭主の「一言葉」があって、加那の父親を「恩義」を知らないものと、咎めます。

そのように、大切な場面で「一言葉」という言葉が出てくるのですが、実はそれだけでなくその他にも「言語れ」「言言葉」といったように、「一言葉」を補うかのようにいたるところに出てきます。物語は、「一言葉」をはじめ「言語れ」「言言葉」で満たされ、それらが繰り返され、展開しているのです。

大雑把にいってしまえば、男の「一言葉」さえあれば、悲劇は起こらなかったに違いないということでもありますが、大切なのは、その「一言葉」そして「言語れ」「言言葉」が、どのように使われていたかということになります。

それを見ていきますと、たとえば「言語れ」は、「我が死なば彼ん共、ありが死なばわみんまま、なゆんでの言語れや神かきての契りやさ　ありがわん捨てて、島に行ちゅるちむぬあみ」といったように、また「言言葉」は、「行逢てかながなと語るさみとみば　恨みしや吾身に言ちゃる言言葉や　縁ぬん志情んさらざらとちりて」といったように、信頼し合っていた時と、その反対の信頼していたのにそれは仮のちぎりだったとしていい逃れようとする、そういった場面で出てきます。

マチ小は「言語れや言葉どやる」というのですが、「伊江島ハンドー小」は、「言言葉」「言語れ」の数々と、「一言葉」がなかったことで起こった出来事を追っていきます。そして、旅の男の言葉を唯一のものとして信じたことが、悲劇を現出させるのです。

「泊阿嘉」が、「文（手紙）」をめぐる物語であったとすれば、「伊江島ハンドー小」は、「一言葉」をめぐる物語であったといえるかと思います。それはまた、大野の言い方にならえば、行動しない女と行動する女との違いを象徴的に語るものとなっていましたが、「伊江島ハンドー小」は、皮肉なことに、行動することで悲劇を招いたといえないこともない物語になっていました。

類型的な言い方をすれば、行動しないことで起こった悲劇と行動したことで起こった悲劇ということになります。ということは、行動してもしなくても、悲劇を招くといった結果は同じであった、ということになってしまいます。一見すると、確かに結果は同じなのですが、行動しての結果とそうでない結果とでは、決して同じではないはずであり、そこに明治期の歌劇と大正期の歌劇との違いをみることもできそうです。

3

最後に、昭和戦前期を代表する歌劇、「中城情話」について見ていくことにします。矢野輝雄は、次のように書いていました。

「中城情話」は、首里の若い武士と彼に恋人を奪われる里の男の悲恋歌劇で、首里の武士と里の男役はいずれも親泊興照の当り役となり、また宮城能造は里の女で、にわかに注目をあびることになった。通俗的なストーリーでありながら、文芸歌劇とでもいうべき詩情をもつ作品である。

矢野の粗筋はあまりに簡単すぎるので、またまた大野に登場してもらいますが、大野は次のように書いていました。

村一番の美人と評判の高いウサ小は、ある日、首里から遊びにやって来た里之子（王府の若い役人の職名）と花摘みの途中で出会い、恋に落ちる。ウサ小の許嫁アフィ小はこれを知って里之子にうちかかる。はじめて事情を知った里之子は非を詫びて去って行く。引き裂かれたものの、ウサ小の里之子への思いは募るばかり。これを見てアフィ小は意気消沈してしまう。アフィ小の父親と妹がウサ小を呼び仲をとりもとうとするが、ウサ小の心は戻らない。別れてはみたものの、里之子もウサ小を忘れられない。忍んで来た里之子の呼び声に、取りすがるアフィ小を振り捨てて、ウサ小は浜辺へと走る。「いつでも戻って来い」とアフィ小は深い胸の内を叫ぶだけだった。

そのように大野は丁寧に作品を紹介していました。

「中城情話」は、「通俗的なストーリーでありながら、文芸歌劇とでもいうべき詩情をもつ作品である」と矢野は簡単にすませていましたが、大野は、力をこめて作品評を展開しています。大野によりますと、「これまでの歌劇の恋愛は、封建社会の桎梏にはばまれて実る事は」なかったが、「中城情話」はそれらとは違い、「里之子とウサ小の身分を越えた恋は一応」実り、「悲劇は二人の恋の行方にではなく、捨てられたアフィ小、許嫁の身の上に起きる」といい、次のように論じています。

ウサ小と里之子は恋を成就させますが、それは親が認め、本人たちも認め、村の仲間たちも認めていたアフィ小の犠牲の上に築かれるのです。ウサ小とアフィ小の関係は、封建時代の村落共同体のなかでつくられたものです。そこへ偶然あらわれた首里の里之子の姿は、共同体の生活しか知らなかった田舎娘ウサ小の心に風穴を明けました。共同体の世界から抜け出す夢を与えたのです。そうしたウサ小にとって、アフィ小は共同体の生活そのものであり、それだからこそアフィ小への言葉がきつすぎると思えるほどきっぱりしたのではなかったでしょうか。本人にはなんの悪いこともない、一途にウサ小を愛する心やさしいアフィ小をきっぱりと捨てる。

そのあと大野は、どうして「当時の女性客」は、「無情とも云えるウサ小の姿に」拍手を送ったのでしょうか」と問い、「明治以前から引き続く共同体の桎梏から自由でありたい、恋愛の自由が欲しいという女性の夢が、ウサ小に託されたのだと思えるのです」といい、「アフィ小には気の毒であっても、身分差を跳び越え、しがらみを跳び越えるウサ小の姿は当時の女性たちの願望を示したものだったのではないでしょうか」と述べていました。

アフィ小を捨て、首里の里之子のもとへ走ったウサ小に拍手したのは、身のまわりの束縛から自由になりたいという思いの表れである、といった大野の指摘に異論はありませんが、もう少し台本にそって見てみたいと思います。

「中城情話」は、先行する歌劇「泊阿嘉」「伊江島ハンドー小」等を踏まえ、ある意味でそれらを「反転」させたように見えます。

踏襲しているのでは、例えば、「あきさみよ　あんし美らさみせる人ん又いめみよ　天からが参え来やら　地の底からが湧ち出じたがや　あんし美らさる　御神ぬぐとうさ」といった詞章など、「泊阿嘉」にも出てくるものでしたし、その他拾い上げて行けば、先行歌劇に見られる詞章が随所に見られるはずです。

「中城情話」の最大の特徴は、「泊阿嘉」が、「恋路の文」等の物語に材を取り、「伊江島ハンドー小」が、新聞等に掲載された話題を踏まえていたのとはことなり、いわゆる「民謡」として歌われる歌を、作品の軸にしていたことです。

台本には「別れの唄」(『日本庶民文化史料集成　第十一巻　南島芸能』三一書房　一九七五年)と記された歌詞、一般には「中城情話」として知られる歌を元にしているのですが、その歌は、次のようになっていました。

女、思切りようや　イエあひ小　二人や儘ならん　悪縁とぅ思てぃ　だーあんせえ我身ぬ　ゆむ肝
や浅地なとせえ

男、浅地紺地や　ヨー無蔵よ　染みなちどぅすゆる　心引ち戻ち　二人し結だる情ぬ糸に　染み変てぃとぅらし（滝原康盛『正調　琉球民謡工工四　第一巻』琉球音楽楽譜研究所　二〇〇六年）

「中城情話」の歌詞は、そのように女から男への言葉にはじまり、女が、男の言葉を拒否するかたちで終わるものです。それは「伊江島ハンドー小」の男と女のやりとりをひっくり返したように見えるものでした。具体的な形でいえば、「伊江島ハンドー小」は、男に去られて女が寝込んでしまうのですが、「中城情話」では、女にすげなくされて男が寝込んでしまっている、といったようになっています。

「中城情話」は、そのように「泊阿嘉」や「伊江島ハンドー小」の男女の在り方をまったく塗り替えてしまっていました。これまで、女が男を恋い慕うかたちで展開していたのが、ここでは逆に男が女を恋い慕うかたちになって居るのです。

歌劇は、そのように明治から大正、そして昭和戦前期へと大きく変化していきます。しかし、その核をなしているのは、この三つの歌劇を見る限り、変わっていません。それは何かといいますと「許嫁」の存在です。

「泊阿嘉」では、「親やわが心　知らなしょて与所に片付ける　話聞くごとに」というように、「伊江島ハンドー小」では「汝や奥間の地頭代主の前と　根引しみゆんであんまが言うたせ」というように、そして「中城情話」では、「（汝や）吾た家かい行ち戻い　阿兄んいったあ行ち戻い、通とうてぃ互に情や交ゆはちょてぃ」といったように出てきます。

歌劇は、研究者の方々が指摘していますように、組踊、とりわけ「手水の縁」から多くを学び、新しい形につくりあげていったのですが、「手水の縁」に登場しなかったものといえば、この「許嫁」の存在でした。

歌劇における「許嫁」の登場は、他でもなく、自由な愛を求めようとしたことにあるといっていいでしょう。「許嫁」が存在したことで、女性たちは、自分の心を開け放つことができなかった、といってもいいのです。

歌劇が、「許嫁」という素材を発見したのは、恋愛の自由が叫ばれるようになったことにあったのでしょうが、「泊阿嘉」から「中城情話」への移行は、「許嫁」の存在がいかに女性たちを縛ったかを語ってあまりありました。

歌劇は、自分の生き方を自分で決めるためにもがく女性たちの姿を描いてきたといっていいでしょう。そしてそのもがき苦しむ姿をそのままに浮かびあげただけでなく、限りない愛情をこめて見守ったといえるのではないでしょうか。

それを作品に基づいていえば、「志情」の世界を作りだした、ということです。

「志情」という言葉は、たぶん組踊には出てきません。組踊には、義理、忠節、御情、御恩、御慈悲といった言葉がよく出てきますが、「志情」は見えません。

「泊阿嘉」にもまだ「志情」はでてきません。それは、組踊の世界にまだつながっていたということをしめすものでありますが、「奥山の牡丹」には「志情ぬ朽ちゅみ」といったようにでてきます。「伊江島ハンドー小」になりますと、「縁ぬん志情ん結だしが」といったように、そして「中城情話」には、「二人し染みたる志情ぬ」といったように出てきます。

本日のテーマである「歌劇のこころ」についてあえてまとめるとすれば、組踊を律していた忠節の世界を抜け出し、「志情」の世界をうたい上げていったところにある、ということになります。「志情」を、『沖縄古語大辞典』で調べてみますと、「なさけ。情愛。『なさけ』を強めた表現。普通はナサキという。首里方言でシナサキは「なさけ。思いやり。また、男女の愛情。情愛」とあります。まさに、そのような「なさけ。思いやり。また、男女の愛情。情愛」の世界が目の前で繰り広げられていく舞台に、人々は、魅了され、惜しみない拍手を送ったのではないでしょうか。

ご清聴ありがとうございました。

＊本稿は、二〇二二年、「浦添市産業支援センター結の街　小研修室」で行った話に手を入れたものである。

あとがき

講演というほどではないにしても、そのようなものをしたという記憶はあまりないのだが、実はそうでもなかった。他は知らず、私にしては、意外とやっていたのである。それもこれも、ここに納めた数編の談叢の掲載誌を見つけたことによる。

三十数年も教壇にたっておれば、その数は、少なすぎるかもしれないが、私にとっては驚きであった。それで、思い返して見ることにしたのだが、国内だけでなく、国外にまで足をのばしていたのである。

そのようなことができたのは、いうまでもなく、沖縄の文学が、多くの人々の関心を引くようになったことによる。

沖縄の文学が注目されてから久しいし、注目されるだけの作品が、輩出していることも確かである。そして、そのような作品を論じる研究者の活動も活発になってきていて、目をみはらせるものがある。

すぐれた論考が生まれてくるなかで、ここに拾い出して来た談叢類は、同じ作品を取り上げ、別の視点で読みなおしてみた、といったようなもので、変わりばえしないものである。それをあえまとめたのは、忘れてしまっていたことを思い出させてくれたといったことによる。

論叢編の初出誌は次の通りである。

「普天間よ」私感　『大城立裕追悼論集　沖縄を求めて・沖縄を生きる』インパクト出版会
　二〇二二年五月一〇日。

船越義彰「謝名原の乱」『琉球アジア文化論集』第九号　二〇二三年三月。

「闘牛小説」を読む　『又吉栄喜の文学世界』コールサック社　二〇二四年四月二三日。

譜久村雅捷『阿母島』を読む　『琉球アジア文化論集』第七号　二〇二一年三月。

チビチリガマからの出発—下嶋哲朗の仕事　『越境広場』十二号　二〇二三年八月一〇日。

壕をめぐる記憶『うらそえ文芸』第五号　二〇〇〇年四月。

広報誌の時代　『守礼の光』解説不二出版　二〇一二年一〇月三一日。


談叢編の出処は、それぞれの話の終わりにメモしておいた通りである。論叢編は、あれこれ、脈略もなく並べてあるが、それは注文に応じたといったことによるだけではなかった。

これまでは、あれこれ出来た。しかし、事態は大きく変わって来たといっていい。なんでもなかったことが、困難になってきたのである。本書は、そのことを示す、記念になるものである。

二〇二四年

仲程昌徳

著者略歴
仲程 昌徳（なかほど・まさのり）

1943 年 8 月　南洋テニアン島カロリナスに生まれる。
1967 年 3 月　琉球大学文理学部国語国文学科卒業。
1974 年 3 月　法政大学大学院人文科学研究科日本文学専攻修士課程修了
1973 年 11 月　琉球大学法文学部文学科助手として採用され、以後 200
　　　　　　　3 月、定年で退職するまで同大学で勤める。

主要著書
『山之口貘—詩とその軌跡』（1975 年　法政大学出版局）、『沖縄の戦記』（1
年　朝日新聞社）、『沖縄近代詩史研究』（1986 年　新泉社）、『沖縄文学論の
—「ヤマト世」と「アメリカ世」のもとで』（1987 年　新泉社）、『伊波月城
球の文芸復興を夢みた熱情家』（1988 年　リブロポート）、『沖縄の文学—1
年〜 1945 年』（1991 年　沖縄タイムス社）、『新青年たちの文学』（1994 年
ライ社）、『小説の中の沖縄—本土誌で描かれた「沖縄」をめぐる物語』（200
　沖縄タイムス社）。『宮城聡—『改造』記者から作家へ』（2014 年）、『雑誌
の時代』（2015 年）、『沖縄文学の一〇〇年』（2018 年）、『ハワイと沖縄』（2
年）、『南洋群島の沖縄人たち』（2020 年）、『沖縄文学の魅力』『ひめゆりたちの春
（2021 年）、『沖縄文学史の外延』『続ひめゆりたちの春秋』（2022 年）、『ひ
りたちの「哀傷歌」』『沖縄文学の沃野』（2023 年）以上ボーダーインク。

沖縄文学談叢

2024 年 8 月 20 日　初版第一刷発行
著　者　仲程　昌徳
発行者　池宮　紀子
発行所　ボーダーインク
〒 902-0076　沖縄県那覇市与儀 226-3
電話 098（835）2777　fax 098（835）284
http://www.borderink.com
印刷所　でいご印刷

ISBN978-4-89982-471-8